ユダヤ・ジョーク
人生の塩味

ミルトス編集部 編

ミルトス

はじめに　ユダヤ・ジョークのすすめ

笑いを楽しむのは、人間の万物の霊長たる特長であろう。人間は、生きるうえで笑いが欠かせない。心の健康ばかりでなく、身体のためにもよい。実際に、NK細胞を活性化して癌の予防と治療に効果があるなど、医学的にも証明されるようになった。

笑いは、人と人とのコミュニケーションを円滑にする。つまりユーモアやジョークを理解し、楽しむというのは、とても人間らしい行為なのである。

世界のどの国民にも、笑いの文化がある。笑いはそれぞれの国民性と深い関係がある。日本では、落語や漫才などの話芸が盛んであり、さかのぼれば「天《あま》の岩戸開き」の神話にいたる。日本人の根っこは、楽天的なのだろう。

イギリス人のユーモアは有名だ。ユーモアは笑いを代表する言葉になって、広まった。ユーモアセンスがあるかないかが、イギリス紳士の資格の一つだそうだ。逆境においてもユーモアで笑い飛ばすのが、真のイギリス人だという。第二次大戦中のチャーチル首相がそうだった。

フランス人のジョークは軽快な、機知に富んだ小咄《こばなし》に特長があるようだ。

そのなかでも、ユダヤ人は、どの国民よりもジョーク好きで知られている。

ユダヤ人は、国を失って、長い間、世界を流浪した民族だ。いろいろの苦難を味わってきた。しかし、どんな苦しみがあっても、笑いをもって乗り越えてきたのである。笑いで武装して精神を強くしてきたことに生きるヒケツがあった。それがユダヤ・ジョークである。

ユダヤ人の笑いは、まず自分について笑う。不遇や不運を笑う。自分自身ばかりでなく、神、自分たちの指導者（ラビと呼ばれる学者）、金持ちにも及んで、揶揄《やゆ》したり批判したりする。ユダヤ人は平等主義者なのである。

ユダヤ人は、自分たちを迫害したり見下したりするキリスト教の神父や牧師への、ひそかな抵抗として、彼らをもジョークの材料にしてしまう。あのナチスのヒットラーでも、笑いのネタになる。

ユダヤ人は、知性を重んじる民族である。そのジョークはちょっぴり知的で、ウイット（機知）と鋭い風刺に富んでいる。

安楽な生活は精神を怠けさせる。でも、人々の苦境があるところ、いまもユダヤ・ジョークは次々と生まれていく。

二千年ぶりに父祖の地、パレスチナに母国イスラエルを再建したユダヤ人、しかしまだまだ逆境が続く。現実は問題だらけ、そこには新しいジョークの花が咲いている。

ユダヤ・ジョークには、その裏に泣き笑いの人生が潜んでいるのが見える。とても奥の深いものだ。

ユダヤ・ジョークは人生に生気を与えてくれる調味料、人生の塩味である。

ちょっと一服、気楽な思いで楽しんでいただけたら、うれしい。

目次

第5章　ユダヤ人の信仰はおおらか――聖書とタルムードは生きている…………132

第6章　ユダヤ教とキリスト教の違い――ラビと神父とどちらが賢い？…………184

第7章　迫害にめげず――苦難な運命に勝つ方法……206

第8章　イスラエルの国が出来たけれど――現代イスラエル社会のジョーク……230

אִם הִגִּיעַ זְמַן קָשֶׁה
רַק לִשְׂמֹחַ יֵשׁ

もし困難な時が来たら
ただ喜ばねばならない

——ブラツラヴのラビ・ナフマン——

ユダヤ・ジョーク
人生の塩味

第1章　賢くなくては生きられない
――ユダヤ人の気質を笑う

ユダヤ人は、長い伝統を持った民族であり、自分たちの文化に誇りを持っている。ところが、ジョークにおいて自分自身を笑いの対象にして、欠点をさらけ出すところが面白い。

自分を笑うとき、現状から離れて客観的に自分を見ることができ、心のゆとりが持てる。この章にはユダヤ人の気質がよく表れているジョークを集めた。

まず、きびしい人生学校で高い授業料を支払って、ユダヤ人は現実を学んだ。つまり、夢と理想は大切だが、それだけでは生きていけない。彼らはリアリスト（現実主義者）である。

ユダヤ人の性格は、好奇心に溢れ、けちで、欲張りで、頑固で、おしゃべり――そんな人間を自画像にして、自分を振り返ってみている。逆境をくぐり抜けるには、賢くなくてはならないが、そのためのマイナス面も自覚する必要があったのであろう。

✡ 賢く生きる ✡

現実主義者

チェコの町アウステルリッツでの戦闘が終わり、砲火や煙幕がようやくおさまったところで、ナポレオンはその日、特に武勲のあった、いろいろな国籍の兵士たちに褒美《ほうび》をやろうと思った。

「何なりと望みを言うがよい。かなえてつかわすぞ、勇猛なる英雄たちよ！」

皇帝は大音声を上げた。

「ポーランドの主権の回復を！」ポーランド人が叫んだ。

「かなえてやろうぞ」皇帝は答えた。

「おらは農民だで。土地をくだせえ！」と貧しいスロヴァキア人。

「土地か。わかったぞ」

「わたしはビール工場が欲しいんですが」ドイツ人が言った。

「やつにビール工場を与えよ！」ナポレオンが命令した。

次はユダヤ人兵士の番だった。

「さあ、おまえの望みは何だ？」皇帝はほほえみながら、はげますように言った。

「閣下、もしいただけるなら、わたしにはうんと脂ののったニシンをくださいまし」

ユダヤ人はもじもじしながら、小声で言った。

「何だと」皇帝は大仰に肩をすぼめてみせ、声高に言った。

「こやつにニシンをくれてやれ！」

皇帝が行ってしまうと、他の勇者たちがユダヤ人の周りに集まってきた。

「おまえもずいぶんバカだなあ」と口々にたしなめる。

「何でも欲しいものを言えというのに、たったニシンをくださいだと！　それが皇帝に対する言葉かよ？」

「どっちがバカかすぐわかるってことよ！」ユダヤ人が言い返した。

「おまえさんたちときたら、ポーランドの独立だ、農場だ、ビール工場だと。そんなもの皇帝がかなえてくれるもんか。だがな、おれは現実主義者よ。ニシンくらいをねだれば、たぶんかなえてくれるさ」

お見舞いの祈り

ハナが病気になったと聞いて、近所の婦人たちが彼女の家へ見舞いに訪れた。

「ハナさん、具合はどうですか？　私たちは、あなたのために祈りに来たんです」

「ありがとう。では、あちらの台所に行ってください」

ポカンとしている彼女たちに向かって、ハナは言った。

「そこにたまっている食器を洗ってください。祈るのは自分でできますから」

金的を射止める

昔、リトアニアの国に大賢者のラビ・エリヤがいた。友人のドゥブノの説教師ヤコブに、ある時こんなことを言ったものだ。

「ヤコブ、教えてくれ。いったい君はどんな例にもあてはまるたとえ話を、どうやって見つけるんだい？」

ドゥブノの説教師は答えた。

「では私のたとえの使い方を、これもたとえで話そう。むかしある貴族が、息子にマスケット銃の射撃訓練を受けさせようとして陸軍士官学校に入れた。五年後、息子は射撃に関することはすべて学び、成績優秀の証として賞状と金メダルを授けられた。

卒業して家へ帰る途中、彼はある村で足を止めて馬を休ませた。すると中庭にあるうまやの壁に、チョークで描いた丸がたくさんあり、どれもそのど真ん中が弾丸で撃ち抜かれていた。

若い貴族は肝をつぶして、その丸に目をこらした。こんなに寸分の狂いもなく的を射るとは、なんたる射撃の名手だろう。いったいどこの陸軍学校で学んで、どんなメダルをもらったのだろう。これほどの射撃の技を身につけているとは！

しばらくたずねまわって、彼はその射撃の名人を見つけた。驚いたことに、それはハダシでボロをまとった小さなユダヤ人の少年だった。

『きみ、すごく射撃がうまいね。いったい誰に教わったの？』貴族の青年はたずねた。

少年は説明した。『最初に壁を撃つのさ。それからチョークでその穴のまわりに丸を描くんだ』

私がやるのもこれと同じなのだよ」

さらに、ドゥブノの説教師はほほえみながら結論を言った。

「どんな例にもあてはまるたとえ話など、探したりはしない。そうではなく、よいたとえ話や機知に富んだ話を聞いたら、心の中にしまっておくのだ。いずれそのうちに、ちょうどそれにあてはまる例が見つかるからね」

撃ちすぎた

ペサハ（過ぎ越しの祭り）が近づいたある日、ユダヤ人の大工がポケットに稼いだお金を詰めて家に向かっていた。暗い森の中を通り抜けるとき、突然銃口が突きつけられた。

「手を上げろ、さもないと撃つぞ」

凶悪な顔をした盗賊だった。そして全財産を取り上げてしまった。

大工は泣き声で訴えた。

「ちょっと待ってくれ。もうすぐペサハなんだ。このお金でマッツァ（種入れぬパン）やワインや鶏肉や、女房子供の服を買わなきゃならんのだ。森で盗賊に襲われたなんて話を女房が信じると思うか？」

「そんなことワシが知るもんか」

「それでも、少しぐらい俺を助けてくれてもいいだろう？　本当に盗賊に襲われたという証拠を残したいんだ」

「どうしたらいいんだ？」

「俺の帽子をその銃で撃ってくれ」

盗賊は笑って大工の帽子を宙に投げ、見事に撃ちぬいた。

「それでいい！」と大工は嬉しそうに言った。

「今度はこのコートを撃ってくれ」

盗賊は言われるままに撃った。

「もう一回頼む」と、ユダヤ人はコートの別のところを広げて言った。

「もう弾《たま》がないぞ」

「そりゃあよかった、この野郎！」と言って、ユダヤ人の大工は盗賊に飛びかかり、思いっきり殴りつけた。

そして金を全部取り戻して家へ向かった。

賢い泥棒

ある村で、村人たちがユダヤ人の泥棒を捕まえた。日頃から、塀を乗り越えて村に侵入してきた男に皆、被害に遭っていたので、怒った村人は彼をひどく打ち叩いた。

泥棒は大声をあげて、

「どうかお好きなように、叩いて、首を吊ってくれても、銃殺してくれても結構です。ただ、お願いですから塀の向こうにだけは投げ出さないで下さい」と哀れみを乞うて、頼んだ。

村人たちは、泥棒がたいそう恐れている様子を見て、「きっとよほど恐ろしいものが向こうで待っているに違いない。この悪い奴にはふさわしい報い！」と塀の外に放り投げた。

泥棒は喜んで走り去った。

✡ 好奇心のかたまり ✡

先を読む旅人

仕事を終え、疲れ果てたビジネスマンが、列車の客室のいすに深々と座り、目的地までのひとときの安らぎの時間を楽しもうとしていた。すると向かいの席に男が座り、挨拶をしてきた。

そのビジネスマンは挨拶をかわす代わりに、弱々しい声でこう答えた。

「よく聞いておくれ。私はビアリストクから来てワルシャワに向かっているところだ。仕事は食料品の卸し業をしている。でも、そんなに儲かっているわけじゃあない。名字はコーヘン、名前はモイシェだ。もうすぐバル・ミツバ（ユダヤの成人）を迎える息子と、二人の可愛い娘がいる。一人は結婚していて、もう一人は婚約している。それから、私はたばこはやらない。酒もやらんし、趣味も特にない。政治にも興味がない。えーっと、これで全部かな？

あと何か聞きたいことがあったら、遠慮せず今すぐ聞いてくれ。ひどく疲れてるんで、もう眠たいんだ」

答えない理由

二人のユダヤ人がウィーン行きの汽車の席で一緒になった。若いほうの男が、隣の自分の父親ぐらいの年配の男に話しかけた。

「すみません。今何時でしょうか？」

しかし男は何も答えなかった。

もう一度若い男は尋ねた。けれども、やはり年配の男は答えず知らんぷり。

だんだん彼はイライラしてきて、ついに大声で叫び出した。

「おい、あんた。時間を聞いてるだけなのに、どうして答えないんだ！」

すると男はめんどくさそうに時計を取り出し、時間を告げた。若い男は怒りを抑えて尋ねた。

「で、どうしてこんなに時間がかかるんですか。時間を言うだけなのに。わけを聞かせてくださいよ」

「んー、まあそれはこういうわけだ。ワシらが話を始めるだろ、それがきっかけでお互い仲良くなる。そしてウィーンについたら、ワシはあんたを家に連れていき、食事をごちそうすることになる。

するとあんたはワシの娘に会うんだ。美しい娘だよ。そしてあんたもいい若者だ。当然二人は恋に落ちる。そして娘と結婚したいと言い出すだろう。

だが、いいかね。正直言ってワシは、時計を持っていないような男に娘をやろうとは思わんのだよ」

質問好き

検察官は、ユダヤ人の証人に反対尋問を始めた。

「あなたは被告人を知っていますか?」

「どうして私が知っていなくてはいけないのですか?」

「あなたは被告人に金を貸しましたか?」

「どうして私が彼に貸さなければいけないのですか？」

ついに我慢がしきれないで、裁判官は証人に問いただした。

「あなたはなぜ検察官の質問にすべて質問で答えるのか？」

「なぜいけないのですか？」

癖

ドイツ人「なんでユダヤ人は、質問をされていてもその質問に答えずに、また質問で返すんだい？」
ユダヤ人「どうしてそれがいけないんだ？」

シナゴーグで情報キャッチ

アメリカの大統領が、側近のユダヤ人に尋ねた。

「君たちユダヤ人は、なぜ情報をキャッチするのが早いのかね？」

「閣下、わたしどもは毎日シナゴーグ（ユダヤ教会堂）で祈っているからです」

「祈って情報を得るとでも言うのか？」

「いいえ、そうではありません。シナゴーグに行って席につく際、隣に座った人間に必ず『何か新しいことはあるかい？』と尋ね、そこでいろいろな情報を交換しているんです」

「なるほど。それが実際どのように機能しているか見たいものだ。そうだ。今すぐシナゴーグに連れて行ってくれないか」

「ええ、喜んで」

大統領はそのユダヤ人側近と一緒に、お忍びで近くのシナゴーグに行った。大統領は席に着き、さっそく隣に座っている人に話しかけてみた。

「何か新しいことは……」

そう言いかけたとき、その隣人は「シーッ！」と指を一本立てて言葉を遮《さえぎ》った。

「静かに！　あんた知ってるかい？　今日このシナゴーグに、大統領が来るらしいぜ」

✡ けちと欲張り ✡

けちんぼと謝礼

けちんぼが病気になり、専門家の治療が必要になったが、謝礼のことを考えて、ぞっとしていた。

初診料が二十五ドルだという。

生きるか、死ぬか、それとも……。けちんぼはひらめいた。

二回目以降の診察料は十ドルだそうだ。

診察室に入り、声をかける。

「先生、また来ましたよ」

医者は、患者を綿密に診察し終わると、言った。

「それではまた同じ処置を続けてください……前回と同様です」

確かな証拠

ケチで金集めの好きな男が死んだ。しかし未亡人となった妻は、葬儀の最中、涙一つ流さなかった。

墓地から列をなして家へ帰るとき、通行人から見舞金を集める役目の者たちが、お金を入れる缶をガラガラ鳴らしながら、「無くなった方にほどこしを！」と叫んで募金を集め始めた。すると急に、未亡人はワッと泣き出した。

息子はその母親に、「今まで全然泣かなかったくせに、どうして急に泣き出すのさ」と非難がましく言った。

「募金集めの中にあの人がいないのに気づいたら、やっとあの人が死んだことが実感となってきたのよ！」

十戒の板

神様は、十戒の板をどの民族に渡そうか悩んでいた。

まずイタリア人に話を持ちかけてみた。

「十戒の板はいらんかね」

「そこには、どんなことが書いてあるのですか？」

「殺すなかれ……」

そう言い始めたとたん、

「結構です。要りません」とあっさり断られた。

次はルーマニア人に掛け合ってみた。

「何が書いてある板？」

「盗むなかれ……」

「要らないよ！」

次はフランス人。

「どんな内容の板ですか？」

「姦淫するなかれ……」

「そりゃ、必要ない」

途方に暮れた神様は、最後ユダヤ人にきいてみた。するとユダヤ人からは意外な質問が。

「それって、いくら？」

「いや、タダだけど……」

「あっ、そうなんだ。じゃあ二枚ほどもらっとくよ」


❖神がモーセに二枚の十戒の板を授けたという、聖書の話から。

無料の物

ユダヤ人の鼻はなぜ大きいの？

——空気は無料だから。

どちらのケーキ？

高名なラビの家に二人の弟子が訪ねてさた。ラビの奥さんは二人に紅茶とケーキを出し、少し待つように告げた。ところが一方のケーキは大きく、もうひとつはひどく小さかった。

「お先にどうぞ」

「いやいや、あなたこそお先に」

「とんでもない、あなたが先に」

二人はしばらく譲りあっていたが、とうとう一人がケーキを取った——大きいほうを。

もう一人の弟子は激しく抗議を始めた。

「何ということですか！　大きいほうを取るなんて」

「じゃあ、もしあなたが先に選んだとしたら、どちらのケーキを取りましたか？」

「もちろん小さいほうに決まっています」

「では何がご不満ですかな。あなたはちゃんと小さいほうを取ったのですから」

旧友の訪問

二人の旧友が久しぶりに街でばったり出会った。

「モリー！　元気かい？」

「やあベニー。君のほうはどうだい」

「うん、聞いてくれ。息子が今度の日曜日に結婚するんだ。どうだい、家に来てくれないか」

「ああ、喜んで」

「家はシナゴーグの角を右に曲がって三軒目だ。番地は四十三番。玄関のベルを肘《ひじ》で押しとくれ」

「肘で押すって、なぜだい？」

「だって両手はきっとプレゼントでふさがってるだろ」

医者と謝礼

貧しい仕立屋の妻が病気になり、医者が呼ばれた。

病人を診察した後、医者は仕立屋に言った。

「治療にはたいへん時間がかかりますので、あなたは治療費を払えないと思います」

「お願いです、先生、どうか妻の命を助けてやってください！」仕立屋は懇願した。

「全財産を質に入れてでも、お金を作って支払います！」

「私が奥さんを治せなかったら？　それでも同額の謝礼を支払ってくれますね？」医者は念を押した。

「たとえ何が起ころうと、あなたが私の妻を治しても、殺しても、支払いますとも！」

治療が始められた。しかし数日のうちに仕立屋の妻は死んでしまった。

まもなく医者は謝礼として千五百ルーブルを請求した。

妻を失った仕立屋は医者に、支払いはできないと通知し、二人はこの件を、ユダヤ人の間の慣習どおり、ラビの裁決にゆだねた。

ラビは、何が起こったかをすぐに理解した。

「もう一度言ってみてください」ラビは医者に尋ねた。

「あなたはこの男とどういう契約をかわしたのですか？」

「私がこの男の妻を治しても、殺しても、謝礼を支払ってくれることになっていました」

「あなたは病人を治しましたか？」

「いいえ」

「病人を殺しましたか？」

「いいえ、けっして！」

「病人を、治しても、殺してもいないのなら、あなたには何の権利があるのですか？」

✡ 頑固でとおす ✡

ゆで卵

ある神父が、ユダヤ教のラビに尋ねた。

「あなたたちは、どうして過ぎ越しの祭りに、ゆで卵を食べるんですか?」

「卵は、ユダヤ人の象徴です。卵はゆでればゆでるだけ硬くなっていきます。そのように、ユダヤ人も周囲からいじめられて、困難になればなるほど硬くなり、頑《かたく》なになって攻撃的になっていったんですよ」

ユダヤなまり

コーヘン一家は、ドイツに住むユダヤ人家族。ナチスが台頭し始めた頃、長男が小学校へ通う歳になった。

長男のモイシェはユダヤ人のコミュニティーで生まれ育ったため、彼の話すドイツ語はひどい「ユダヤなまり」だった。両親は悩んでいた。

「ねえ、あなた。このままだと、腕白《わんぱく》なモイシェはすぐにユダヤ人だとわかってしまうわ。彼の将来のためにも、何とかしてあげたい……」

「そうだな。では、彼をしばらくユダヤ人のいない村へ預けよう。そしたら少しはなまりが直るかもしれない。私の知人がいる、あの村がいい」

父は友人に連絡をとり、わけを話して息子を預かってほしい旨を伝えると、知人は同意した。

両親は早速、息子を送り出した。

一カ月後、母は息子の様子を見に行くことにした。

彼女は一日経って、家に帰ってきた。がっかりしているようだ。

「ん、どうした？　モイシェは元気なかったのかい？」

「いいえ、とっても元気でしたわ」

母は落胆した様子で答えた。

「今では村の子供たち皆が、ユダヤなまりのドイツ語を話すぐらいですから」

✡おしゃべり✡

神様への願い

ある著名なラビが天寿を全うして天に召され、天国の門に到着した。中では神様が待っていた。

彼は真っ先に神様の前に進み出て口を開いた。

「ああ、世界の創造主なる主よ。どうか、お願いです。この混沌とした中東地域に、今すぐメシア（救い主）をお送りください」

「よしわかった。では、あなたにはここで聖書を講じてもらおう。アブラハム、モーセなどの前で講義をし、その内容が良ければ、あなたの言うとおり、メシアを遣わそうではないか」

ラビは講義を始めた。熱を込めて語り、長時間に及んだ。

そして今もなお続いている……。

男が先

子「なぜ、エバじゃなくて、アダムが最初に創造されたの？」
父「それはね、女性が誕生する前に、最初だけでも、神様が男性に話す機会を与えたかったからだよ」

✡ 身振り手振り ✡

何が大変？

あるユダヤ人が、無実の罪で逮捕され拘留された。数日後、晴れて釈放された。

「大変だったね。留置所の生活はどうだった？」

親友が彼を迎えて尋ねた。

「いや～、苦しかったよ」

「何が一番大変だったの？　食べ物？」

「いや、食べ物は別に」

「取り調べで、暴力をふるわれたとか？」

「いや、そんなことはなかったなぁ」

「わかった。独りで寂しかったんだね」

「う～ん、何人か一緒にいたから、そうでもないよ」

「睡眠不足？」

「それも違う」

「じゃあいったい何が大変だったんだい？」

「なんせ手を縛られていたからね。両手が不自由で話ができないことが一番苦しかったよ」

道を尋ねる

ある旅行者が、ガイドブックを片手にニューヨークを歩いていた。

「スミマセン、このお店に行きたいんですが……」

偶然通りかかったユダヤ人に道を尋ねた。

「何だって？」

肩に荷物を担いで道を急いでいたユダヤ人は、ぶっきらぼうに答えた。

「いや、このティファニーのお店に行きたくて……」

「ティファニー？　じゃあ、ちょっとこれ持って」

そう言って、ユダヤ人は肩の荷物をその旅行者に持たせた。

そして両手を大きく横に広げて答えた。

「そんな店、知らないよ！」

穏健派？

あるユダヤ人村でのお話。

「彼は『穏健なユダヤ人』って言われているらしいけど、どうしてだい？」

「ほら、彼を見てみろよ。話すときに、片手しか動いていないだろ？」

✡ 気は確か？ ✡

夜のラッパ

モシェは無精なことで有名だった。ある時、友人のヤンカレと話をしていた。

モ「ワシはだいたい、この世に何で時計があるのか理解できん。ワシはこれから一切、家に時計を置かないようにしようと思うんだ」

ヤ「でも時間を知りたいときは、どうするんだい？」

モ「窓越しに、隣の家の壁に掛かっている時計を見れば済むだろう」

ヤ「なるほど。じゃあ夜はどうするの？　暗くて見えないと思うけど」

モ「ラッパを使うのさ」

ヤ「ラッパ？」

モ「ああ、夜中にベランダで思いっきりラッパを吹くだろ。そしたら隣がきっとこう叫ぶだろう。『おい！　夜中の二時にラッパを吹くなんて、気は確かか!?』ってね」

時間に関する会話

学生とアルベルト・アインシュタインとの会話。
学「時間と永遠との関係性について教えてください」
ア「もし私がその関係を説明するために時間を設けたなら、それは永遠に続くということだ」

＊

几帳面な人たちの会話。
Ａ「スミマセンが、今何時か教えていただけますか」
Ｂ「あと九分経ちますと、ちょうど八時になります」
Ａ「それはどうも。でも私が知りたいのは、今が何時かということなのですが」

＊

ある婦人の会話。
Ａ「奥さん、知ってた？　ここのスーパーマーケットは二十四時間営業なのよ」
Ｂ「何言ってるの。もっと長い時間やってるわよ」

＊

ある男性の会話。

Ａ「今日は何日だっけ？」

Ｂ「わかんないなぁ」

Ａ「手元に新聞があるじゃないか。それを見てよ」

Ｂ「いや、これは昨日の新聞だから」

第2章　家族は大切、しかし苦労も多い
――男と女、結婚と離縁、父子を笑う

ユダヤ人は家族をとても大切にする。家族は男と女の結婚からはじまる。彼らはリアリストである。この微妙な、特別な人間関係を暴露してしまう。ジョークで包んで、古今東西変わらない真実を明らかにしてしまう。

聖書に、まず神がアダム（男）を創造し、ついでアダムの胸の骨からエバを作った物語が載っている。アダムとエバを材料にしたジョークであるが、それは実際の男と女の仲を鋭く観察した風刺も含まれる。

昔のユダヤ人社会においては、結婚のお世話はシャドハンと呼ばれた専門の仲人《なこうど》が取り持った。大事な役割を担っているはずの仲人だが、文句を言いたいときもある。

ユダヤ人の家庭では、何と言っても母親が権威を持っている。ジューイッシュ・マザーは、教育熱心な日本の母親に似ているかも知れない。やがて、子供が結婚でもすれ

ば、恐い姑《しゅうとめ》になる。この事実も、ジョークにされてしまう。

✡ アダムとエバ ✡

アダムの浮気

アダムはある日、仕事の帰りが遅くなった。あまりに遅いのでエバは激怒し、アダムを問いつめた。

エ「どこに行ってたの？　今何時だと思ってるの！」

ア「なにぷりぷりしてるんだ？　あぁ、わかった。浮気を疑ってるんだろう？　大丈夫だよ。この世に女性は君しかいないんだから」

エ「本当かしら。じゃあ、ちょっと服を脱いでみて。あばら骨の数を数えてみるから」

アダムの創造

ある日、エデンの園を散歩していたとき、エバは神様に語りかけた。

「神様、ちょっと問題があるのですが」

「どうしたんだい、エバ」

エバは困った顔をして言った。

「神様、あなたが私を創造してくださり、こんなにきれいな園や、素晴らしい動物たちを造ってくださったことは知っています。しかし、私は毎日が退屈なんです」

「どうしてだい、エバ」

「毎日ひとりぼっちですし、第一食べ物はこのリンゴばかりで、飽き飽きしました」

神様はしばらく考えていた。

「なるほど、わかったよ、エバ。では、私に良いアイデアがある。貴女のために〝アダム〟を創造してあげよう」

「〝アダム〟って、……何ですか？」

「それはね……」

神様はしばらく沈黙した。

「実はね……、アダムというのは、外見は貴女に似ているんだけど、中身が少々違うんだ。ウソつきで、うぬぼれ屋で、自慢屋で、自分勝手で……、少々問題児だ。しかし……、貴女がそこまで言うのだから、貴女のその要求を満たすためにも、彼を創造してあげよう。でもね、彼はきっと貴女と口論になったり、ボールを蹴ってくだらない遊びをし始めたり、正直言って、ちょっと大変かもしれないよ。

でもそんな馬鹿で世話の焼けるアダムだけに、彼は貴女を必要として、貴女を愛してくれると思うんだ」

「素晴らしいですわ」

エバは答えた。

「しかし、それには条件が一つある」

「何ですか？」

「さっきも言ったとおり、彼はうぬぼれ屋で、自慢屋なんだ。だから、アダムには彼を先に創造したということにしておくから、これはここだけの話ということで、秘密にしておいておくれ」

良きパートナーを得るには

ある日、アダムが独り寂しくエデンの園を歩いていた。そんなアダムの姿を見て、神様はアダムに語りかけた。

「アダム、寂しそうな顔をしているが、何かあったのかい？」

「ええ。ここには誰もいないので、話し相手がいなくて退屈なのです。それに、独りぼっちで寂しくてたまりません！」

アダムは神様に叫ぶように訴えかけた。

そこで神様はアダムに良きパートナーを創造してあげることにした。

神様はそのパートナーが、彼にとってどれだけ有益なものになるかを説明し始めた。

「彼女は君のために料理を作ってくれ、洗濯もしてくれる。

彼女はやがて君との間に子供をもうけるだろう。そして、赤ん坊が夜中に目を覚ましても決して君を起こして面倒をみてくれなどとは言わない。

彼女は決して君にうるさくつきまとったりはせず、たとえ口論になったとしても、彼女のほうから先に『自分が間違っていました』と謝るだろう。

彼女はいかなる場合でも君の決定に従い、必要なときには君をあらゆる面で支援し、何の見返りも求めず君を愛し抜いてくれる……」

「う～ん、それは素晴らしい」

さっきまで暗い顔をしていたアダムの顔は、みるみる明るくなっていった。

が、アダムには一つ気になることがあった。

「神様、確かにそのような存在はありがたい限りなのですが……、そのために私は何かせねばならないのでしょうか？」

「うむ、彼女は君の『良き助け手』となるべき存在、すなわち君の『体の一部』のような存在だ。そのためには、やはり文字どおり、君の体の一部から彼女を創造せねばならないだろう。

だから君が特別何かをせねばならないわけではないが、君に体の一部を提供してもらうことになるだろうね」

「か、体の一部をですか。いったい、どの部分を？」

「そうだな。君の腕と足が一本ずつあれば、充分だろう」

「そ、そんなに必要ですか……」

「君のための良きパートナーだからね。やっぱりそれぐらいは必要だな」

アダムはしばらく考えていた。しかし、どう考えても片方の腕と足を差し出すことは、アダムにはできそうになかった。

「神様。やっぱり私にはムリです」

「そうか。せっかく良い案だと思ったのに、残念だ……」

「しかし、神様！」

アダムは間髪入れずに神様に言った。

「私に良い提案があります！　手や足は無理ですが、あばら骨一本程度なら大丈夫です。何とか、私のこのあばら骨一本から、助け手を創造してもらうわけにはいかないでしょうか？　そこまで完璧なパートナーでなくとも構いませんから……」

神はしぶしぶ承知した。

そして神はアダムを深い眠りにつかせ、アダムのあばら骨一本だけでエバを創造した。

神様は泥棒？

モーシェとイツハクは、イェシバー（ユダヤ教学院）で聖書を学んでいた。

イツハクは聖書を開いていたが、頭を抱えて何か悩んでいる様子だ。

「イツハク、どうしたんだい？」

「俺は、この箇所がよくわからないんだ」

彼は創世記のエバの創造の箇所を開いていた。

「何がわからないっていうんだい？」

モーシェはイツハクにきいた。

「聖書の神様は全能って書いてあるよね、モーシェ」

「ああ、そうとも」

「じゃあ、なぜエバをアダムの一部から創ったんだい。神様はアダムを眠らせて、彼のあばら骨を盗んだ。アダムを創造したときのように、どうしてエバも創造できなかったのかがわからないんだ」

「なーんだ、そんなことで悩んでたのか」

モーシェはあきれて答えた。

「イツハク、神様のなさることには、必ず何か理由があるって先生が言っているよね」

「うん、そうだけど、ここでの理由って何なんだい？」

「簡単さ。盗んだものからは、何も良きものが芽生えてこないということを、男のわれわれに教えるためだよ」

神の心遣い

あるときローマ皇帝は、ラビ・ガマリエルに言った。

「お前の神は泥棒だ！　アダムを眠らせておいてあばら骨を盗むなんて。十戒にも『盗むな』とあるじゃないか」

すると皇帝の娘が話をさえぎり、「私の話を聞いて」と言った。

「私の部屋に夜、泥棒が入ったの。銀の水差しを盗んでいったわ。でも替わりに金の水差しを置いていったわ！」

「そんな泥棒なら、毎晩来てほしいものだな」と皇帝は笑った。

「そうでしょう？」娘は大声で答えた。

「アダムにもそんな幸運が訪れたんじゃないの？　神はあばら骨を盗んだけれど、替わりに素晴らしい妻を与えたんだから」

皇帝はこれに答えて言った。

「しかしアダムを眠らせたのは、神の間違いだな。あばら骨を取るのはいいとしても、泥棒のようにこっそりと盗むやり方はすべきでない」

そこでラビは「皇帝閣下！」と叫んだ。

「どうぞここに、ひとかたまりの肉を持ってくるよう命じて下さい」

皇帝は興味をそそられ、そのように命じた。

大きな生肉が運ばれてくると、ラビはそれを料理人にさばかせ、熱い灰の中に入れて肉を料理させた。そして言った。

「さあ、お召し上がり下さい。閣下のお好きな肉料理です」

皇帝は、肉をさばくところを見たことがなかった。骨を取りだし、血が流れるのを見て、気分が悪くなった。そして吐き捨てるように叫んだ。

「そんなもの食べたくはない！」

ラビはにっこり笑って言った。

「もしアダムが起きているときに、神がアダムのあばら骨を取って女を創造されたなら、きっとアダムは彼女を見るたびに吐き気を催したことでしょう」

❖これは、ユダヤ教の聖典に載っている寓話。

✡ 仲人 ✡

誇張のテクニック

ユダヤ人のコミュニティーにはシャドハンと呼ばれる仲人《なこうど》がいて、結婚のお世話をする。

だいぶ年配の仲人が、若いアシスタントに自分の仕事を継がせようと教育を始めた。

ある日彼は若者を連れて、金持ちの家を訪問することになった。

「よくおぼえておけよ。仲人の仕事で大事なのは、ためらわず、誇張することだ、わかったな」

「はい、わかりました」

若者はまじめに答えた。

金持ちの親に、仲人はこう切り出した。

「あなたのご子息にぴったりの娘がいました！　彼女の家柄は大変いいんです」

若者も誇らしげに叫んだ。

「そうですとも。ビルナのガオンの子孫なんです！」

「そして大変な金持ちです」と仲人は続けた。

「金持ちですって？」と若者はさえぎった。

「そんなもんじゃない。百万長者です！」

さらに仲人はたたみかけるように言った。

「この娘さんは人形のように美しいんです」

「人形だって？」

若者はその言葉を鼻で笑った。

「彼女はものすごい美人ですよ！」

このとき仲人は、心配そうに若者をちらりと見て、どもりながら言った。

「じ、実は旦那、ほんの少し欠点があってですね……娘さんの背中には小さなイボがあるんです」

「小さなイボですって？」

若者は力を込めて言った。

「こんなに大きなこぶですよ！」

一切は空である

ある町に独身のラビがいた。彼は知恵に満ち、ソロモン王のようだと評判だった。

ある日、仲人がラビのところに縁談話をもってきた。その娘は美しくて性格も良く、おまけに親が金持ちという良い条件だった。ただし家柄だけはあまり良いとは言えなかった。

「わかりました。ただし一つだけ条件があります。持参金は十万ルーブルです。この条件が飲めなければ、この話はなかったことにしましょう」とラビは言った。

そこで金持ちの父親がラビの元にやってきた。

「ラビ、私の家があなたの尊い家柄と縁組みできるということは、光栄この上ないことです。しかし、十万ルーブルとは、たいそう値が張りますなぁ」

「ソロモンは言った。『一切は空である』と」

ラビは髭《ひげ》をなでながら答えた。

「家柄も空しい、お金も空しい。お互いその空しいものを交換するだけですよ」

大きな声で

見合いの席で、男は仲人のおばさんを引き寄せ、耳元でささやいた。

「このウソつき、あんたは詐欺師だ！　事前に何も言わなかったじゃないか。見てみろ彼女を。歳とってみえるし、しょぼくれている。言葉はなまっているし、おまけに斜視ときた」

「ちょっと待ってくだされ」と仲人は男をなだめた。

「そんなに小さな声でささやかなくてもいいのよ。彼女は耳も悪いから」

とんだ結婚仲人

「どうして私をだましたのですか」花婿はきびしく仲人を非難した。

「えっ、私があなたをだましたですって」

不服そうに聞き返した。

「本当でないことを言いましたか。娘さんは美人でないですか？　刺繍《ししゅう》をきれいにできませんか？　彼女の歌はカナリヤのように美しくないですか」

「うーん、そういう点では申し分ないのですが、大変な家族の出ではないですか。嘘をつきましたね。彼女の父親は死んだと、あなたは言いました。ところが、生きておられるじゃないですか、彼女自身が父親は十年間刑務所に入ったままだと打ち明けましたよ」

仲人は逆に問い返した。

「じゃあ、聞きますけど、そういう状態をあなたは生きていると言うんですか」

✡ 結婚生活 ✡

年齢差

四十歳の男が二十歳の娘と結婚した。このことは村全体にセンセーションを巻き起こした。

ある日誰かが、無神経に彼らの年齢差について言い及ぶと、彼は答えた。

「そんなにひどいことじゃないよ。彼女は僕に出会ったとき、自分が十歳老けたように感じたんだ。そして僕は彼女に出会って、十年若返ったように感じた。だから僕たちは二人とも三十歳だ、と言っても間違いじゃないだろ？」

女の力

ある日のこと、あるイスラエルの小さな都市の市長が妻と一緒に建築現場を通りかかった。現場の職人が、ふと仕事の手を休めて、市長夫人に声をかけた。

「やあ、サラ、元気かい」

「まあ、アビ、ひさしぶりね」と夫人は答えて、職人に主人を紹介した。

しばらく四方山《よもやま》話をしてから、市長夫妻はその場を去った。

ふたりは散歩を続けながら、市長は妻に、どうしてあの男と知り合いなのかと聞いた。

「ああ彼？　一緒の高校に行ってたのよ。彼と結婚しようかとさえ思ったこともあるわ」

主人は笑い出した。

「おまえは自分がどんなにラッキーだか知っていないね。私と結婚しなかったら、今ごろ建築現場の職人の妻だったろうよ」

妻は躊躇《ちゅうちょ》なく答えた。

「あら、そうでもなくてよ。私が彼と結婚していたら、彼が市長になっているわ」

男性の記憶力

港町のヤッフォに、モーシェとルーベンという幼なじみが住んでいた。

二人とも釣りが好きで、大人になってもよく二人で海釣りに出かけていた。

ある安息日の午後、二人はいつものようにヤッフォの海岸で釣りをしていた。二人はいつも釣りをしながらいろいろな話をしたが、その日はそれぞれの結婚に関する話題になった。

モーシェがつぶやいた。

「ワシら夫婦は今年の春で、結婚してちょうど三十年になるんだ。ワシはすっかり忘れてたんだがね、今朝、女房から言われて思い出したんだよ。

しかし女性というのは、なんでこう結婚の時のことをよく覚えているのかねぇ？　男はまったく覚えてないってのに」

ルーベンは少し考えていたが、すぐモーシェに聞き返した。

「モーシェ、じゃあ聞くけど、君は今までで一番大きな魚を釣り上げた時のことを覚えているかい？」

「もちろんさ！　忘れもしない、あれは二十五年前のシャブオットの祭りの時だった。あまりに嬉しくて、水槽を買って来て、しばらくそこで飼ってたぐらいだよ。あんなに嬉しかったことを忘れるはずないじゃないか」

「だろ？　でもね、魚のほうは釣られた時のことをすぐ忘れちまうもんなんだよ……」

守護天使

シモンは山道を歩いていた。彼は家族と一緒に山にハイキングに来たのだが、車が故障したため、助けを呼ぶために一人で山を降りていたのだった。

すると突然、彼の耳に大きな声が飛び込んできた。

「危ない！　ストーップ！」

シモンはびっくりして立ち止まった。

すると、彼の顔をかすめるように、巨大な岩が落ちてきた。ギリギリ数センチの距離で彼は助かった。それは崖崩れで転がってきた岩だった。

「あっ、危なかった。もう少しで死ぬところだった……。それにしても、今の声は誰だったんだろう？」

するとで天から光りまばゆい天使が降りてきて、彼の傍らに立った。

「あっ、あなたは？」

「私はあなたの守護天使です。先ほど、あなたに呼びかけたのも私です。私はあなたの幼い時から、ずっとあなたを見護ってきました。あなたの人生の中で、危ないところもずいぶんありましたが、私が護り続けてきたのです」

シモンは今までの人生を振り返り、感慨にふけっていた。

しかし、急に怒りが湧いてきて、いきなり拳を固めて、思いっきり天使を殴りつけた。天使は吹っ飛ばされた。

天使は動揺しながら立ち上がり、彼に尋ねた。

「どっ、どうしたんです、急に。守護天使である私を殴るなんて……」

「じゃあ聞くが、あんたはオレが結婚するとき、どこにいたって言うんだい！」

❖結婚を天使にストップして欲しかったのである。

天使それとも……

奥さんに関する会話。

Ａ「うちの嫁は良くできた女性でね、本当に天使だよ」

Ｂ「なるほど。うちのはあんまりできは良くないが、人間じゃないという意味じゃ同じだね」

＊

Ａ「うちの妻は天使なんだ」

Ｂ「へぇ、いいねぇ。うちのはまだ生きてるんだよ」

夫婦と魚

ある夫婦の会話。

妻「ちょっと、あなた！　結婚する前はいつも誕生日にはプレゼントをくれたのに、今は何にもくれないのね！」

夫「そりゃそうだよ。漁師がつり上げた魚にまたエサをあげると思うかい？」

＊

釣り好きのモイシェはある日釣りに来たが、数時間経っても魚は一匹も釣れない。日も暮れてきたので、仕方なく帰ることにした。

帰り道、魚屋に立ち寄った。

「スズメダイを、五匹ほど頼むよ」

「はい、サバ三匹ね」

魚屋は即座にサバを手渡そうとした。

「おいおい、ちゃんと聞いてるのかい？　ワシはスズメダイ五匹と言ったんだよ」

「聞いてますとも」

魚屋は落ち着いた様子で答えた。

「お前さんがモイシェだろ。あんたの奥さんが一時間程前に来て、主人が来たらサバを三匹買わせるようにって言い残していったもんでね」

ねぎらいの言葉

ある日、ベニーは疲れ切って仕事から帰ってきた。奥さんは、台所で忙しく夕食の用意をしていた。

「サラレ、一度でいいからオレに『お疲れさま。今日はどうだった？』とか、ねぎらいの言葉はないの？　特に今日は、こんなに疲れて帰ってきているのに」

サラレはしばし手を止めて、ベニーの前に座った。

「お疲れさま。で、今日はどうだったの？」

するとベニーは答えた。

「サラレ、今日あったことかい？　愚痴になってしまうから、君には言わないことにするよ」

考古学

Ａ「この前、一緒に飲んで帰りが遅くなった時、奥さんの機嫌はどうだった？」

Ｂ「最悪だったね」

Ａ「あの優しい奥さんが？　どんな風になるの？」

Ｂ「簡単に言うと、考古学者とでも言うか……」

Ａ「考古学者？」

B「ああ。ワシの過去を根掘り葉掘り発掘していって、今までのいろいろな事実を暴くという点で」

結婚生活

ある日、メナヘムは同僚のルーベンを夕食に誘った。

二人が家に着くと、奥さんが出迎えた。

夫婦は熱い抱擁を交わし、メナヘムは奥さんに「今日も綺麗《きれい》だね」と言葉をかけた。

驚いたルーベンはメナヘムに尋ねた。

「もう結婚して何年も経つのに、毎日ああやって出迎えてくれるのかい？」

「うん。単調な生活の中でも、こうやってみるとすごく新鮮だということに気づいてね」

夕食も終わり、ルーベンは早速、自分の家でもやってみることにした。

「ただいま」と言うなり、奥さんを捕まえて熱く抱擁し、「今日も綺麗だよ」と声をかけた。

すると奥さんは突然、すごい声で泣き出した。

「どうしたんだい？」

「今日は最悪の一日だわ。子供は階段から落ちて骨折するし、洗濯機は動かなくなるし、トイレも詰まって修理に来てもらっていたのよ。おまけに、あなたがこんなにも酔っぱらって帰ってくるなんて」

✡ 離縁は考え直して ✡

意見の対立

ある夫婦が離縁状を認《したた》めてもらうため、ラビの元に行った。

「あなたたちはどうして離縁したいのかのう？」

ラビの質問に二人は答えた。

「私たちは、お互いに理解し合えないんです。何かあると、いつも意見が食い違って対立してしまうんです。もうこれ以上、一緒に生活できません」

ラビは二人を見ていた。

「奥さん、あなたは本当に離縁したいのかい？」

「はい」

「ご主人、あなたは本当に離縁したいのかい？」

「はい」

「よし、ここで初めて意見が一致したようだ。お二人さん。もう一度、家に帰りなさい。そして、今意見が一致したそこから始めるんじゃ」

大切な物

ある男が結婚したが、妻が不妊で十年経っても子供を授からなかった。

男はラビ・シモン・バル・ヨハイの所に妻を連れて行った。離縁状を認《したた》めてもらうために。

その男は妻に言った。

「われわれの家から、おまえが大切にしている物をすべて持って行きなさい。そして家を出て、親父さんの家に帰るんだ」

それを聞いたラビは言った。

「まあまあ、待ちなさい。君たちの結婚式の時には、盛大な祝宴を設けたじゃろ。だから、お別れする前にもう一度、盛大な食事の席を設けて、別れるのはそれからにしたらどうかのう」

二人は家に帰り、妻は盛大に料理を振る舞った。主人は大いに食べ、ワインを飲み、酔いつぶれて眠ってしまった。

その様子を見て妻が家のお手伝いに何やら相談をしていた。

「少し手伝ってちょうだい」

夜中になって、男は目を覚ました。酔いから醒めて、状況がよくわからない様子だった。

「ん？　ここは、どこだ？」

「あなたは私に『大切な物を持っていけ』とおっしゃいました。私にとって、大切な物はたった一つ、あなただけです。ですから、あなたを連れて、実家に帰ってきたんです」

それを聞いたバル・ヨハイは、彼女のために祈った。すると子が授かった。

❖タルムードに載っているお話。

一人足りない

シモンとミリアム夫婦には、いざこざが絶えなかった。怒鳴り合いのケンカはしょっちゅうで、物が飛ぶのもざらだった。

二人は我慢の限界に達し、ついに離縁を決意した。ラビの元に来て相談したが、一番大きな問題にぶち当たった。七人の子供をどうやって分けるかという問題だ。

「どちらかが三人で、一方が四人ということになるのう」

するとまた二人の間で激しい論争が始まった。

「まあまあ、落ち着いて。あと一人おれば、丸く収まるわけじゃな。どうじゃろう。あと一年一緒に暮らしてみて、子供が一人授かれば、離縁するのはそれからでも遅くはあるまい」

二人はラビの提案を受け入れ、また共に生活し始めた。

数カ月後、ラビは道ばたで奥さんとばったり出会った。奥さんの大きなおなかを見て、ラビは祝福した。

「よかった、よかった。これで問題は解決しそうじゃの」

「いいえ、それがどうやら双子らしくて」

✡死に際して✡

誰の遺言？

事業で莫大な財産を築いたナタンソン氏は、死の床についていた。彼は妻のレアを近くに呼び寄せた。

「レア、ワシは遺言を書き残さなかった。これから言うことをしっかり聞いておくれ」と、弱々しい声でつぶやいた。

「まず、ワシの事業は、アービングに継がせよう」

「それはいけないわ！」と妻は涙ながらに反対した。

「あの子の頭には馬のことしかないのよ。きっと彼は、これまで築きあげた事業をつぶしてしまうでしょう。それよりマックスに継がせるべきです。あの子はまじめで慎重だから」

「よし、マックスでいい」

死にそうな男は、ため息をつき、あきらめたように言った。

彼は、「別荘はラケルに残そう」と続けた。

「ラケルですって！」と妻は叫んだ。

「どうしてラケルに別荘が必要なんですか。彼女の亭主はお金持ちなんですよ。貧乏なジュリアにしたらどうです？」

「そうだな……ジュリアにしよう」と、ため息をつきながら言った。

「さて、車だが、これはベニーにやろう」

妻は驚いて言った。

「ベニー？　いったいどうしてベニーに車が必要なんです？　もう持っているでしょう。ルイスのほうがいいわよ」

死にそうなナタンソン氏は、最後の力をふり絞って叫んだ。

「レア、よく聞きなさい！　今誰が死にそうなんだ？　お前か？　それともワシか？」


まず、おめでとう！


「報告があってやって来ました」と、大工のテヴィエが葬儀組合の事務所に来て言った。

「私の妻が死んじまったんです。それで葬儀費用がいくら支給されるか教えてもらいたいんで」

「でも、どうしてなの？」と事務員は答えた。

「あなたの奥さんの葬式をしたのは、たしか二年ぐらい前だったわよね」

「ああ、それは最初の妻のことでさあ」テヴィエは言った。

「今度は二人目の妻が死んじまったんですよ」

事務員はびっくりして答えた。

「あらまあ！　あなたが再婚してたなんて知らなかったわ。おめでとう！」

死亡広告

ユダヤ人の婦人が新聞社に電話して、死亡広告の担当者を呼びだした。

「はい、どのようなご用件でしょうか」

「死亡広告をお願いしたいの」

「はい、よろしゅうございます。何とお載せしましょうか」

「『モーシェ・コーヘン、逝去す』としてください」

「『モーシェ・コーヘン、逝去す』、それだけですか」

「それだけです」

「でも、死亡広告は四行書けます。お値段に含まれています」

「そうですか。では『モーシェ・コーヘン、逝去す……キャデラック売り出し中』と」

✡ 親子 ✡

悪習も技術

そのラビは義理の息子に落胆していた。

「なんて間抜けなんだ、あの男は！」

彼は妻に不平を言った。

「酒とカードの初歩も知らない」

妻が驚いて尋ねた。

「それが不幸なことなの？　すべての義理の息子が、そんなことに無知でありますように！　それにしても、いったい何が不幸なことなの？」

「不幸なのは」とラビは悔しがった。

「飲み方を知らないのに飲み、やり方も知らないのにカードをやるということだ！」

言えないわけ

ボストンに住むユダヤ人ハイムは、ニューヨークに住む長男のメイールに電話した。

「メイール、お父さんはね、今回は大切な話があって電話しているんだ。ちょっと言いにくいことなんだけど、長男である君に言っておかねばならないと思って」

「お父さん、何のことですか？」

「実はね、お父さんはお母さんと離婚しようと思ってるんだよ」

「どうしてですか、お父さん」

息子は驚いた様子で、父に尋ねた。

「だって、結婚して今年で三十五年になるんでしょ。今まで仲良くやってきたのに、どうしてなんですか、お父さん！」

「その理由に関しては、あんまり触れたくないんだ……」

父は落胆した様子で答えた。

「でもお父さん、何があったんですか？」

「メイール、これはお父さんとお母さんとの問題だから、君に言うことはできないんだよ」

「お父さん、そうは言っても、何か理由があるわけでしょ」

「心が痛むんで、それには触れないでほしいんだ。とにかく、お父さんが君にお願いしたいのは、弟や妹たちに連絡を取ってほしいということなんだ。この心の痛みを、君の兄弟たちに繰り返して言うことは、ぼくにはできないから」

「お母さんは今どこにいるんです？」

「まだお母さんには言ってないんだよ。来週は過ぎ越しの祭りだ。そのお祭りが終わってから、きちんと話すつもりだ」

「お父さん、わかりました。とにかく急ぐ必要はありませんから。私がそちらに行くまでは、お母さんには何も話さないと約束してください。弟二人と妹三人を連れて、過ぎ越しの祭りの夜には間に合うように、そちらに行きます。そのときに、ゆっくり話しましょう。いいですね、お父さん。それまでは何もしないと、約束してください」

「わかった。約束するよ」

メイールは興奮した様子だったが、この約束を取り付けると、少し安心したように受話器を置いた。

一方、父親の方も、安心した様子で受話器を置いた。そして横にいた妻にこう話しかけた。

「よし、これで何とか過ぎ越しの祭りは、家族全員で過ごすことができそうだ。でも問題は、次の新年にどうやって彼らを呼び寄せるかだな」

❖ユダヤ人は、過ぎ越しの祭りや新年を、家族で一緒に過ごす習慣がある。

どら息子

一人暮らししていたコビは、賭け事が大好きだった。ろくに仕事もせず賭け事に明け暮れていたが、ある時持ち金をすべてはたいてしまい、おまけにたくさんの借金を抱えてしまった。

普段から親の仕送りに頼っていたが、困った彼は改めて父親に手紙を出した。

「親愛なる父上。私はこの度、賭け事ですっかりお金を失ってしまい、おまけに莫大な借金を抱えてしまいました。父上にこれ以上ご迷惑はかけられません。自ら生命を絶つ決心をいたしました。どうか最後のお願いです。拳銃を入手するために、金貨十枚をお送りください」

父親からすぐに返事が来た。入っていたのは銀貨一枚と、小さな紙切れだった。

そこにはこう書いてあった。

「愛する息子へ。これで丈夫なロープを買いなさい」

✡ 母親、姑 ✡

ジューイッシュ・マザー

ユダヤ人の母親が、まだ幼い子供を二人連れて街を歩いていた。

あまりにかわいいので、通りがかりの人が子供の年齢を聞いた。

すると母親が返事して、言った。

「医者のほうは二歳で、弁護士のほうは三歳です」

❖ユダヤ人家庭で母親の教育ママぶりは相当なもので、ユダヤの伝統でもあることを伝えるジョーク。ユダヤ人は子供を昔はラビに、現在では医者や弁護士にすることを願う傾向がある。

なぞなぞ

アダムはなぜあんなに長生きできたの？

――姑（妻の母）がいなかったからさ。

❖アダムの妻エバには、母親がいない。姑がこわいのはユダヤの伝統。ジョークにして、ストレス解消。

ハゲワシと姑

ハゲワシと姑の違いは何でしょう？

――ハゲワシはあなたが死ぬまで待ってくれます。

✡女のおしゃべり✡

夜の約束

「ピンハス！　起きなさい！」

夜中、妻が夫を激しくゆすって起こした。

「ど、どうしたんだい、ハンナ？　まだ夜中じゃないか」

「あなた！　また寝言を話していたのよ。これじゃうるさくって眠れやしないわ！　何とかしてよ！」

「わ、わかったよ。じゃあ協定を結ぼう。昼間、ワシにもう少し話をさせてくれないか。そしたら夜は黙るだろうから」

体温計

ダビデの妻ツィッピーが病気になり医者を呼んだ。どうやら風邪のようだ。

医者は自宅まで来て、まず熱を測るために、体温計を取り出した。

「はい、口を開けて……。体温計を舌の裏に五分間乗せていてくださいね」

ダビデは隣の部屋で待っていた。ツィッピーがあまりにも長い時間（五分間も!?）沈黙しているので、我慢ができず、扉を開けて部屋に入り込んできた。

「先生！　その素晴らしい道具を、いくらで私に売ってくれますか？」

✡老年期✡

健忘症

ある老夫婦が、海岸でのんびりと散歩していた。奥さんのハナが、主人のモイセにアイスが食べたいので買ってくるよう頼んだ。

「モイセ、いい？　私の好きなのはバニラ・アイスですからね。それからチェリーのトッピングを忘れないでね。あなたは何でもすぐ忘れちゃうから」

「何を言ってるんだ。こう見えても、ワシは記憶力抜群だから、心配無用」

そう言って、モイセは買いに出かけた。

一時間ほどして、モイセが戻ってきた。手にはハンバーガーを持っていた。

「ほら、言ったとおりだわ。ハンバーガーはピクルス抜きだって言ってるのにどうして忘れちゃうわけ」

老いてもなお

ラビ・シュロモは奥さんを亡くし、再び結婚したがまた奥さんに先立たれた。シュロモはすでに老年に達していた。

三人目の奥さんと見合い話があったが、先方から断りの連絡が入った。納得いかないシュロモは息子を遣わしてその真意を尋ねた。

「お父さん。相手の方は若くて、年寄りとは結婚したくないと言っておられました。今回はあきらめたほうがよいと思いますが」

「何だそんなことか。心配ない。もう一度、相手方のところに行ってこう言いなさい。『あなたがそうやって躊躇している間に、新郎はさらに年老いていきますから、お早めに』とな」

夫の癖

二人の上品な老婦人が公園のベンチに座り、それぞれの旦那様について話をしていた。

「夫のリオンは、どうも最近ツメを噛む癖がひどくて、何とかあの下品な行為をやめさせたいと考えているんですが」

「あら、そんなの簡単よ、奥様。私のやったとおりにすれば」

もう一人の婦人が答えた。

「夫のメイールは、それでピッタリとその癖が止まりましたのよ」

「どうやって？」

「いたって簡単ですわ。しばらく入れ歯を隠しておくだけで」

思い出せない

ヤコブはモシェの家に遊びに来た。

モ「そうそう、昨日妻と外食したんだが、とても素晴らしいレストランだった」

ヤ「何という名前のレストランだい？」

モ「え～っと、何だったかな。ちょっと待って、すぐ思い出すから」

モシェは眉を寄せ、目をつむって思い出そうと試みる。あと少しで思い出しそうだが、どうしても名前が出てこない。

モ「ほら、愛する人に贈る花の名前は何だったかな」

ヤ「ナルキス（すいせん）かい？」

モ「いや、違う」

ヤ「じゃあ、カラニート（アネモネ）？」

モ「違う、他の花だよ。ほら、トゲのいっぱいある」

ヤ「ああ、ショシャナ（バラ）かい？」

モ「そう、ショシャナ！」

そして彼は、奥さんのいる台所に向かって叫んだ。

「おーい、ショシャナ！　昨日行った店の名前は、何だったかのう？」

耳が遠い

老齢に達したナフムは、ある日、医者に行った。

「先生、どうも最近カミさんの耳が遠くなったみたいで、うまく意思の疎通ができず困ってるんですが」

「奥さんは、どれくらい離れると聞こえにくくなるんですか？」

「ちゃんと測ったことないんで、わからんなあ」

「じゃあ、どれくらいの距離かチェックしてみてください。その結果を見てから、方法を考えましょう」

ナフムは家に帰り、玄関の扉から妻を呼んでみた。

「デボラ、ただいま！　今日の晩飯は何時かい？」

大きな声で叫んでみたが、返事がない。ナフムはリビングまで入ってきて、さらに声を張り上げた。

「デボラよ！　今日の晩飯の時間は？」

同じく返事はない。リビングから台所の入口まで来てさらに声のトーンを上げて言ってみたが、やはり返事はなかった。さらに台所に入ってきたナフムは、食卓のそばまで来て同じことを尋ねたが、その叫びは一向に妻に届かなかった。

とうとうナフムはしびれを切らし、デボラに近寄り腕をつかんで言った。

「デボラ！　さっきからワシは何度も君の名前を呼んで『今日の晩飯は何時か』ってきいたのに、全然聞こえてないんだから」

デボラは手を止めて振り返り、こう言った。

「知ってますよ、四回も叫んでましたわね。その度に私も大声で『七時にしましょ』って叫んでたのに」

秘訣

百歳を迎えたモイセに、新聞記者が取材に来た。

「モイセさん、お誕生日おめでとうございます。とてもお元気そうですが、長寿の秘訣

はなんですか？」

「結婚、ですかな」

「もう少し詳しく教えていただけませんか？」

「ワシが結婚したとき、ラビさんに『夫婦喧嘩の時には、いったん外に出て頭を冷やすと良い。その辺を散歩したら、気が落ち着くから』と言われたんじゃ。

つまり、外の新鮮な空気をいっぱい吸って、毎日かなりの距離を歩くということがどれだけ健康に良いか、ということじゃな」

第3章　貧しい者、愚かな者は幸いなり

——笑いは不運にくじけない良薬

東欧ユダヤ人の一般庶民はとても貧しい生活を送っていた。そして、貧窮がきわまれば乞食となって、物乞いで生活をする。それも商売と見なされ、ジョークのなかでは堂々と胸をはっている。ユダヤ人社会は連帯して仲間を支え合う意識が存在して、ここに貧しさを恥としないユダヤ人の反骨精神が見られるようだ。

ヘルムという空想の村がユダヤ民話やジョークに登場するが、愚かな村人が住んでいる。その一人にヘルシェルという名の男がしばしば出てくる。唯一賢い人としてラビが登場する。時には庶民と身分の違いを強調して、ラビを揶揄《やゆ》したりするジョークもある。しかし、ラビも清貧の生活を強いられていた。

哀しくも、切ない東欧のユダヤ世界であったが、あのホロコースト（ナチスの大虐殺）によって消えてしまった。ここの笑いにはペーソス（哀愁）が漂っているのを感じ

るだろう。ユダヤ人は悲しい辛い運命に出会いながらも、自分たちを悲劇の主人公から喜劇の主人公に変えて見るユーモア精神があった。これこそ不運にくじけないための良薬だった。

✡貧しい人と乞食✡

短いお祈り

あるとき、シナゴーグでお祈りが終わったあと、ラビがヘルシェル・オストロポリアーを呼び止めて尋ねた。

「なぜきみのお祈りはそんなに短いんだ？　みっともない！　私がお祈りの言葉をとなえると、どうして君の二倍かかるのかね？」

ヘルシェルは答えた。

「ラビさん、あなたと比べられる人がどこにいるでしょうか。ラビであるあなたは悪に誘惑されることはないかもしれませんが、たくさんの金銀、立派な屋敷、四頭立ての馬車、それに銀行にお金もお持ちです。

その全部を一つひとつ思い出して、神様にお守りくださるようにとお祈りするのには時間がかかります。一方、私はと言えば、何があるでしょうか。口やかましい妻と八人の子供、それにノミだらけの山羊が一匹だけです。

神様にお祈りするときには、『妻、子供、山羊！』とだけ言えばおしまいなんですよ！」

かゆくてたまらない

ある日、ロシアのレンベルクの町で金持ちの商人が家の窓から外を眺めていると、おかしな光景が目に入った。みすぼらしい身なりの男が、垣根に背中をこすりつけているのだ。

かわいそうに、背中がかゆいらしい。そう思うと金持ちは、男を家に呼んで泣き言を聞いてやった。

「何カ月も風呂に入っていないんです」哀れな男は訴えた。

「下着も一枚も持っていないし、腹ぺこで釘だって食べられるほどなんです！」

金持ちは男の窮状を聞き、ほろりとして涙を流した。そして食べ物とワインを出し、下着を与え、その上、風呂代として少額の銅貨を渡した。それから、神のお恵みがあるように、と言って男を帰した。

金持ちがたいそう親切なことをしたというニュースは、たちまちレンベルク中に広まった。さっそくその日、二人の乞食が金持ちの家に来て、哀れっぽく泣き叫びながら、垣根に背中をごしごしとこすりつけはじめた。

金持ちは乞食たちの声を聞き、窓のところにやって来て、二人の乞食がしていることを見ると、ひどく腹を立てた。

「とっとと消えろ、この恥知らずの乞食どもめ！」金持ちは怒鳴った。

「私の家の垣根でその汚い背中をこするのをやめろ！」

「さっきはかゆがっている男を助けたっていうのに、どうして今は私たちを助けてくれないんですか」乞食たちは非難するように尋ねた。

「さっきの男と私たちとどこが違うっていうんですか。私たちだってかゆいのに」

「背中がかゆいという男なら誰でも助けなきゃいけないって言うのか」

金持ちはいっそう腹を立てて怒鳴った。

「さっきかゆがっている男を助けたのは、その哀れな男には背中をかいてやる者がいなかったからだ。だが、不器用なばか者ども、お前たちは二人いる。お互いに相手の背中をかけばいいではないか！」

乞食と百姓

あるとき、町の乞食が貧しい百姓の家に来て、一晩泊めてくれと頼んだ。

「どうぞどうぞ」と百姓は言って、一文なしの見知らぬ男に伝統的なユダヤのもてなしをした。百姓の妻は乞食に食事をたっぷり出し、寝心地のいいベッドを用意した。

乞食はこの温かいもてなしをとても喜んで、翌朝百姓に言った。

「ここがとても気に入りました。あしたまでここにいてもいいでしょうか」

「ああ、どうぞ」と礼儀正しい百姓は答えたが、その声には前の日ほど心がこもっていなかった。

その日も百姓の妻は乞食に食事を出したが、前の日より量は少なくなっていた。彼は夫婦の態度がだんだん冷たくなってきたのを感じたが、気に留めなかった。

翌朝、男はもう一晩泊めてもらうことに決めたが、今度は泊まってもいいかどうかは聞かなかった。断られたら困ると思ったからだ。こうして男はこの日もいすわったが、百姓と妻は礼儀正しい夫婦だったので、何も言わなかった。だが、男に出された食事はいっそう貧弱になった。

「なんて食事だ！」突然、乞食が腹立たしげに怒鳴った。

「私を飢え死にさせるつもりか」百姓はばつが悪そうに謝りはじめた。

「出し惜しみしているわけじゃない。私たちは貧乏で、自分たちの食べる分だってほとんどないんだ。あなたがもう一晩泊まったら、もう食べるものがなくなってしまう」

乞食は叫んだ。「そうだと知っていたら、最初からもてなしを受けるんじゃなかったのに。どうか許してください！　明日の朝早く出ていきます」

翌朝、百姓は男を起こした。

「起きる時間だ。にわとりがもう鳴いたよ」

「何だって！」乞食は大喜びで叫んだ。「まだにわとりがいるのか。それならもう一食分大丈夫だ。今晩も泊めてもらうことにしよう！」

❖ユダヤ人の乞食は遠慮しない。助け合いの精神がユダヤ人の習慣になっていることを暗示するジョークである。

確実な治療法

乞食がある大きな町に行き、金持ちの家に物乞いに行った。だが、召使は旦那様は重いご病気ですと言って、どうしても中に入れてくれなかった。

「私は病気のご主人を確実に治す方法を知っています」と乞食は言い張った。いつまでも帰らないので、召使は仕方なく乞食を家に入れた。

病人のベッドのそばに案内された乞食が言った。

「旦那様、あなたの病気を確実に治す方法を知っています」

「本当かね。お前なんかの言うことはあてにならんだろう」

「いえいえ、そんなことはありません。間違いなく治りますとも。でも、その方法を教える代わりに十分な報酬がもらいたいんです」

「いったいどうやって治すのかね」金持ちが尋ねた。

「今すぐ、コロメア（ウクライナの町）に引っ越すんです！」

「コロメア？　コロメアがどうしてそんなにいいのかね。あんな貧乏人ばかりの町に偉い医者でもいるのか」

「いいえ、医者などはいません。私はそのコロメアから来ましたが、確かに町には貧乏人が溢れています。そこで、町一番の年寄りの話によると、今までにコロメアでは金持ちが死んだことがないんです！」

人それぞれの専門分野

あるユダヤ人の乞食が大金持ちのロスチャイルド男爵にお目通りを乞うた。しかしあっさりと門前払いを食わされてしまった。

そこで彼はロスチャイルド家に動揺を与える作戦を考えた。

「ようし、ひとつ芝居をうってやろう！」

彼は豪邸の周りをまわりながら、かん高い声で叫び続けた。

「私の家族は飢え死にしそうです。それなのに無慈悲な男爵は私に会おうともしません！」

ロスチャイルド男爵は、この騒ぎに閉口して、とうとう出てきた。

「よくわかった」

彼は努めて穏やかに、しかし皮肉を込めてこう言った。

「ワシの負けだ。ここに二十ズロチある。これをもっていきなさい。それからひとつアドバイスしてやろう。もし君があんな声を出さなかったら、君は四十ズロチ受け取っていただろう」

「閣下」

乞食はお金をポケットにしまいながら言った。

「あなたは銀行家です。私があなたに向かって銀行経営のアドバイスをするでしょうか。一方、私は長い間乞食をしています。乞食には乞食のやり方がというものがあります。あなたが私に乞食のアドバイスをする必要はありません！」

クレジットはダメ

その乞食はいつものように慎み深く、また威厳をもって、なにがしかの施しを求めた。

「今日は家に一セントもないんだ。あしたまた出直して来てくれないか」と家の主人は言った。

「ああ、わが友よ」

乞食は言った。

「私が信用取引でどれだけの富を失ってしまったか、おわかりいただきたい」

乞食の商法

昔、ロシアのある町に、二人の乞食が隣り合わせで座って施しを乞うていた。ユダヤ人の住んでいない町だった。

一人は「どうか、この復員軍人をお助け下さい」という看板を掲げていた。

もう一人は「どうか、貧しいユダヤ人をお助け下さい」という看板を掲げていた。

通りがかりの人たちは、なかには施しをやるつもりのなかった連中もいたが、ユダヤ人に意地悪してやろうと、最初の乞食にお金を施していた。どんどんお金が集まったが、もう一人は一銭ももらえない。

とうとう、ある日、親切な人がやってきて、二人に同じ硬貨を施して、それからユダヤ人の乞食に声をかけた。

「あんたは、その看板を変えたほうがいい。だれもユダヤ人には施しをやるつもりのないのを悟らないのかね？」と言って、去っていった。

ユダヤ人はもう一人の乞食のほうに向いて、言った。

「モーシェ、聞いたかい、あの人はワシらに商売の仕方を教えようとしたぜ」

❖もう一人の復員軍人（モーシエ）もユダヤ人だった。

嘆きの理由

ある町で最も金持ちのユダヤ人が亡くなって、葬儀が粛々《しゅくしゅく》と行なわれたときのこと。会葬者の一人が胸を打ちたたいて、だれよりも大声で泣いて嘆いていた。

ラビは、気にかかり、彼の肩を抱きながら、慰めて言った。

「とてもお気の毒です。同情しますよ。きっとご親族のお一人とお見受けしますが」

その人は、すすり泣きつつ、「いいえ、そうではないのです。それで私は泣いているんですよ」

祈りと取り引き

貧しい男がいた。彼はとても不幸だったので、空想の中で夢見ることを楽しみにしていた。

ある日、彼は祈りの言葉をつぶやいた。

「神様、新年のために私に一万ドルください。取り引きいたしましょう。私はそのうちの五千ドルを慈善事業に寄付することを誓います。残りの半分は私がいただきます。

神様、私をお疑いですか？　それならば、私に五千ドルだけください。そしてあとの五千ドルは、あなたご自身で慈善事業に寄付してください」

ラビの栄養

ある村のユダヤ人がこんな質問をうけた。

「あなたたちはラビさんにほんのわずかな給料しか支払っていないのに、どうやって生きていかれますか」

「はい、ラビさんはとうの昔に飢えて死んでしまったかもしれません。信仰深いおかげで、ラビさんは毎週月曜と木曜に断食を決意したのが本当に幸いだったんですよ。それで生き延びておられます」

スリ

ある町で、スリを生業にしている男がいた。彼の次のターゲットは、夜の駅で電車を待つラビだった。

そのラビはみすぼらしい格好をしていた。彼はベンチに腰掛けて電車を待っているうちに、ウトウトと眠り始めた。スリはしめしめとラビに近づき、コートのポケットを探りはじめた。

「ん。右側には何も入っていないな。次は左……」と、服のあらゆるポケットをゴソゴソと探していると、不意にラビが声を発した。

「バカだなぁ、おまえさんは。ワシが日中、明るいところで探しても何も出てこないこのポケットから、こんな暗闇の中でおまえさんが何か見つけられるとでも思ったのかい？」

✡ 愚か者と賢者 ✡

本当の愚か者

一人の馬鹿者がラビのところにやって来て言った。

「ラビさん、ワシゃあ自分が愚か者だということぐらいは知っとりますが、ワシゃどうしたらいいかわかりません。どうぞ教えてくださいまし」

ラビは、誉めるような調子で、感嘆して言った。

「おお、友よ、自分が愚か者と知るお前さんは、絶対にもう愚か者ではないんだよ」

男は愚痴をこぼした。

「ですが、みんながワシを愚か者というのはなぜですかね」

ラビは、しばらく考え深そうに男をじっと見つめた。

「お前さんが自身で自分が愚か者だとわからず、他人の言うことを聞くだけなら、それこそ本当の愚か者だ」と叱った。

立派な連中でも

一人のユダヤ人が、会堂の他の会員への苦情を申し立てるためにラビを訪ねてきた。

「ラビさま、わたしを愚か者と呼ぶ権利がみんなにあるとお考えでしょうか」と悲しそうに聞いた。

同情をもって聞いていたラビはこう慰めた。

「そんなつまらぬことで腹を立てなさるな。愚かな人と、そうでない人とそれほど違いがあるとでも思っているのかね。

これは本当のことだが、私の知っている最も立派な連中の幾人かは愚か者ですよ。あなたのような、立派な、聡明な人でも、愚か者ということもあり得ます」

役に立たない傘

ヘルムの町のまぬけな賢者が二人で歩いていた。一人は傘を持っていたが、もう一人は手ぶらだった。

するると突然雨が降り出した。

「ほら、早く傘をさしてくれよ！」と傘を持っていないほうが言った。

「だめなんだ」ともう一人が答えた。

「だめとはどういう意味だ。傘をさせば濡れなくてすむじゃないか」

「この傘は大きな穴がいくつもあいていて、役に立たないんだ」

「じゃあ、どうしてそんな傘を持ってきたのさ」

「雨なんか降ると思わなかったんだ」

純粋科学

ヘルムの二人の賢者が深遠な哲学的議論に熱中していた。

「もし君がそんなに賢いのならば……」

一人が皮肉っぽく言った。

「この質問に答えてみたまえ。バターを塗ったパンを地面に落としたとき、なぜバターを塗った側が必ず下になるのか？」

しかしもう一人の賢者はすこしばかり科学者だったので、この理論を実際の実験で反証することにした。彼は行ってパンにバターを塗り、それを落とした。

「さあ、どうだね！」

破は勝ち誇って叫んだ。

「パンは、君も見ていたとおり、バターを塗った側から先になんて落ちなかったじゃないか。君の理論はいったいどうしちゃったんだ？」

「ホー、ホー！」

もう一人は笑った。

「君は自分が賢いと思っているんだな！　君は間違った側にバターを塗ってしまったんだよ！」

ヘルムの判決

ある日、ヘルムの町でとても悲惨な事件が起こった。町の靴直しが、客の一人を殺してしまったのだ。彼は裁判官の前に連れて来られ、絞首刑を言い渡された。

判決文が読み上げられると、一人の男が立ち上がって叫んだ。

「とんでもないことだ！　町の靴直しを絞首刑にするだって？　彼は町でたった一人の靴直しなんだ。彼が処刑されたら、いったい誰がわれわれの靴を直すんだ？」

「誰なんだ？　誰なんだ？」

ヘルムの町の全員が、声をそろえて叫んだ。

裁判官は同意してうなずき、判決を考え直した。

「ヘルムの良き市民たちよ」彼は言った。

「あなたがたの言うことは正しい。彼はたった一人の靴直しなのだから、彼を死なせるのは町にとって重大な過ちである。そこで、町に二人いる屋根ふきのうちの一人を代わりに絞首刑に処す！」

とんち男ヘルシェル

「おいヘルシェル、いますぐ嘘を一つついてみろ。一ルーブルやるぞ」

「一ルーブルだって？　あんたは二ルーブルと言ったぞ」

犠牲は大き過ぎた

フロイム・グライディンガーは宿屋に入り、料理を頼んだ。肉料理の皿が置かれると、彼はそのちっぽけな肉のローストを見るなり大声をあげて泣きはじめた。

宿屋の主人が急いで駆けつけた。

「いったい何ですか、何か起こったのですか？」

「起こったんだよ！」フロイムはすすり上げた。

「この小さな一口の肉のために、あんなに大きな牛が殺されちゃったんだ！」

間違い

ヘルムのラビと彼の生徒が、ある晩宿屋に泊まった。生徒は宿の召使いに、明朝早い列車に乗るので明け方に起こしてくれるようにと頼んだ。

召使いはそのとおりにした。生徒はラビを起こしたくなかったので、暗がりの中で手探りで服を探し、急いでその長い外套を着込んだ。

彼は駅に駆け込み、列車に乗ると、客室の中の鏡に映った自分の姿を見て驚いた。

「なんて大馬鹿者なんだ、あの召使いは！　私を起こしてくれと頼んだのに、彼はラビを起こしてしまった！」

賢者の問い

ある賢者がヘルムの市場で馬を検分していた。

「こいつぁ素晴らしい馬ですよ！」

馬の仲買人は有頂天になって言った。

「風のように駆けて、もし先生が朝の三時に出発すれば、六時にはルブリンに着いちまいます！」

賢者の顔は疑わしそうだ。

「いったいそんなに朝早くルブリンで、私は何をしたら良いものか？」と彼は頭を掻《か》きながら問いかけた。

月と太陽

ヘルムの村人がラビに尋ねた。

「ラビさま、月と太陽ではどちらが大切でしょうか」

「愚か者よ、月に決まっているじゃないか。

ワシたちが明かりが必要な時に、月は照らしてくれる。明るい昼間に、太陽に照ってもらう必要はないではないか」

第4章　商いの道は容易じゃない

——金持ちを笑うユダヤ人

ユダヤ商人は商売が上手と、よく言われる。事実はどこまで本当かわからない。ユダヤ人が金持ちだというのは、紋切り型の見方である。ジョークには商いの下手な商人がしばしば登場する。

ユダヤ人の金持ちと言えば、必ずロスチャイルドの名があがる。それはユダヤ人の中で例外的な存在である。ケチな金持ちがよく出てくるが、実際にはユダヤ人の富豪は、おおむねユダヤ教のおきてを守って、慈善事業に尽くしている。しかし、貧しい庶民のほうが圧倒的に多い現実では、ユダヤ人貧民救済ははかどらない。

自分の努力でなんとか生活の糧を得なくてはならない人々の、涙ぐましい苦闘の日々のわずかな余暇に、ジョークで立ち直ろうとした姿を想像してはいかが。

✡ 商いの道 ✡

ラビは役者が一枚上

貧しい商店主は安息日のラビの説教を、ユダヤ教会堂でうっとりと聞き惚《ほ》れた。ラビの説教はこうであった。

「この世において生活が貧しい者は、来るべき世では富者となるであろう。この世で豊かな者は、神の命により、来世では貧しくなるであろう。すべての者は等しく神の子であり、神様はすべての者に公平であるからだ」

数日後、貧しい商店主はラビに会いにいった。

「ラビ」と彼は心配そうにたずねた。

「この世で貧しい者は来世で豊かになると、本当に信じておられるのですか？」

「それは間違いない！」ラビは力強く答えた。

「ご存じのように私は貧しい商店主です。それでも私は来世で豊かになれるとおっしゃるのですか？」

「もちろんだとも！」

喜び勇んで、貧しい商店主は叫んだ。「ラビ、それでしたら、百ルーブル貸してください。来世で財産ができたらお返ししますから」

ラビは黙ってきらきら光る銀貨で百ルーブル数えた。貧しい商人は自分の目が信じられなかった。彼が手を伸ばしてお金を集めようとすると、ラビはそれを制してたずねた。

「友よ、そのお金でどうするつもりだね？」

「新しい商品を買い込みます」

「それで金を儲けるつもりかな？」

「そいつあ、ハヌカの祭りのパンケーキみたいに売れますよ！」

「そういうことならね」とラビは金を自分で集めていった。

「きみにこの百ルーブルはあげられないよ。ここで金持ちになったら、あちらでは貧乏になるからな。そうしたらどうして借金が返せるかね？」

❖ルーブルはロシアの通貨単位。現在では一米ドルは約三十ルーブル。昔は、百ルーブルは相当の価値があった。ここで、ラビが金持ちに見えるジョークは珍しい。教訓を語る役目を、共同体の指導者であるラビに託した寓話と思えばよい。

大安売り

ヨッセルとメンデルは、村の小さな居酒屋を切り盛りしていた。ある日二人は、やっとの思いで貯めた少しばかりのルーブル銀貨を持って、一樽のウイスキーを買いに、馬車で町に出た。

その帰り道、急に北風が吹き荒れ、しんしんと冷え込む天候になった。二人は、買ったばかりのウイスキーを、どうしても一口飲みたい、という誘惑にかられた。

しかし、そう簡単に飲むわけにはいかなかった。二人はこのウイスキーには口をつけないことにしようと、かたく約束したのだった。このウイスキー一樽で、当分の間、二人の暮らしをまかなわなければならないのだ。

ヨッセルは機転のきく男だった。ポケットを探り、コペイカ銅貨を五枚見つけ出して言った。

「メンデル、おれは五コペイカ持ってる。このウイスキーの半分はおまえのものだが、その中から一口だけ、おれに売ってくれないか」

メンデルは商人だ。「金を持ってるやつにはかなわねえ。売ってやろう」

こうしてメンデルはヨッセルの小さなグラスにウイスキーを注いだ――。

飲み干したとたんに体がぽかぽかと温まってきたヨッセルは、すっかり上機嫌になった。それにひきかえメンデルは、いっそう寒さが身にしみて、青白い顔をしていた。

ヨッセルのやつ、五コペイカを持っていたばっかりに、うまいことをしやがって！ところが、ポケットの中のコインが、メンデルの指に触れた。そうか、この銅貨は、もうおれのものなんだ。今度はおれが、あいつから買えばいいんじゃないか。

そこで彼は言った。「ヨッセル、おれの五コペイカでおまえの分け前の中から、一杯注いでくれ」

ヨッセルも商人だ。「金は金だぜ！」

彼はメンデルに一杯注いでやり、五コペイカ銅貨を取り返した。

こうしてメンデルとヨッセルは、同じ五コペイカ銅貨をやり取りしながら、ウイスキーを一杯ずつ買い続けた。居酒屋に帰りついたときには、二人ともすっかり酔っぱらっていた。

「すごい奇跡だぜ！」ヨッセルがうなった。

「ウイスキー一樽まるごと、たった五コペイカで買えちまったってわけよ」

金は貸さない

ポーランドからアメリカに移民してきたときに知り合った二人の男が、偶然ニューヨークの街角で再会した。

「やあ、仕事はうまくいってるかい」

「ああ」

「なら、五ドルほど貸してくれないか」

「どうしておれがお前に五ドル貸さないといけないんだ？　お前さんのことなんぞほとんど知らないっていうのに」

「おかしなことを言うなあ！　おれがいた国では、町のみんながおれのことを知っていたんで、誰も金を貸してくれなかった。ところがこの国へ来たら、おれのことを知らないってことでおれに金を貸してくれないとは」

流行遅れ

仕立て屋のフェイテルベルクは、商売がうまくいかず、大きくため息をついた。

そして一緒に仕事をしているベニーに言った。

「ワシらを救ってくださるのはメシア（ユダヤ人が待ち望む救世主）だけじゃろう」

「いったいどうやってメシアが救ってくれるというのさ」と、ベニーは首を振りながら答えた。

「どうしてって？　考えてもみろよ。メシアが到来するときには、すべての死人が蘇るんだぞ。彼らは当然裸だぜ。そうすれば服が必要になるのさ」

「でもなあ、復活した連中の中にも仕立て屋はいるだろうよ」

「だからどうした？」

フェイテルベルクは自信ありげに言った。

「連中にはチャンスはないさ。最近の流行を知ってる奴なんかいるもんか」

出荷待ち

ブリスクの商人がロッドへ衣料品を発注したところ、一週間後に次のような通知があった。

「残念ですが、前回分のお支払いをしていただくまでは、今回のご注文分をお送りすることはできません」

商人は返事を送った。

「今回の注文はキャンセル。そんなに長く待てないので」

新しい術策

名高い金融業者オットー・カーンがニューヨークのイーストサイドを車で通っていると、こんな看板を見つけた。

「オットー・カーンの従兄弟《いとこ》、サミュエル・カーン」

彼は怒って顧問弁護士を呼び、看板を換えさせるよう、その際無駄な金を払わずに済ますよう指示した。

数日後同じ道を通りかかると、看板は換えられていた。

「オットー・カーンの元従兄弟、サミュエル・カーン」

X印の数

仕立て屋シュムエルがロシアの小さな町からアメリカへやってきた。彼は読み書きができなかったが、ニューヨークに洋品店を開き、成功し始めた。

そのうち彼は小切手口座を開きに銀行へ行った。書き方を知らないので、銀行の台帳に、名前の代りにX印を二つ書いた。

時が経ち、彼はますます成功した。

彼は洋服の店を売却し、新しく織物製造業を始めた。そこで新しく口座を開くために銀行へ行った。今回彼は銀行の台帳にX印三つでサインした。

「なぜXが三つなのですか？」

銀行頭取が尋ねた。

「あなたはいつも二つでサインなさいました」

「ああ、君も知ってると思うけど、女は装飾好きだろう？」

彼はすまなそうに言った。

「妻が私にミドルネームをつけさせたがるんだ」

扇子の使いかた

扇子《せんす》を売る行商人の前で、ある婦人が一時間もどれを買おうか決めかねている。

「この一ペンスのにするわ」

やっとのことで彼女はそう言うと、うんざりした顔の行商人にコインを渡した。

次の朝早く、また彼女は行商人のところにやって来た。そしてきのう買った扇子の残骸を差し出して言った。

「お金、返してもらうわ！」

「いくらでした？」

「一ペンスよ」

「それで、どういう使い方をしたんですかい？」

「なんてバカな質問なの。あたりまえじゃない、顔の前で横にぱたぱたやったのよ」

「それは一ペンスの扇子の使いかたじゃねえ」憤然と行商人は言った。

「それは、五セントの扇子でやることだぜ！　一ペンスのやつなら、扇子は動かさずに、頭のほうを振るんだよ！」

仕立屋の計算

ある男が洋服の生地をもって、仕立屋を訪ねた。

「これでスーツを仕立てたいんだが、この布で足りるだろうか?」

仕立屋はその生地を丹念にチェックした後、言った。

「いや、だめだな。これじゃあ、スーツを仕立てるには足りないよ」

そこで男は、道をへだてたところにある別の仕立屋のところに行って、同じことを頼んだ。彼もその生地を注意深く点検して、言った。

「大丈夫、これだけあればできますよ」

二週間後、男がやって来ると、スーツはちゃんと仕上がっていた。ところが驚いたことに、そのスーツと同じ生地でできた服を着た少年が立っていた。仕立屋の息子だった。

男は不思議に思って尋ねた。

「どうしてあっちの仕立屋は、私の生地では足りないと言ったんでしょうね。お宅では私のスーツのほか

に、子供の服がもう一着ができたっていうのに」

　仕立屋は答えた。

「それは、あいつには足りなかったということさ。うちには息子が一人だが、ヤツには二人いるんでね」

シナゴーグの競売

　ユダヤ人が礼拝する場所はシナゴーグと呼ばれる。これは「共に集まる」という意味のギリシア語だ。

　ユダヤ人は離散の地に住んでも、必ずシナゴーグを建設した。その外観は地域によって様々だが、だいたい中身の構造は似ている。必ず設置されるのは中央前方にある小さな台。これは聖櫃《せいひつ》から取り出したトーラーの巻物を置くための朗読台で、ここでトーラーが朗読される。

　バルミツバ（十三歳の成人式）を終えたユダヤ人男子であれば、誰でもこの台に上ってトーラーを読む権利がある。しかし、年に数回、その権利がオークションで競売にかけられるときがあるのだ。

ハイムは、ニューヨーク在住のユダヤ人ビジネスマン。彼は一流の証券会社で成功していた。あるとき、彼の仕事のパートナーであり、親友であるアイルランド人のヘンリーが、彼を食事に誘った。

「ハイム、今度の週末、一緒に食事しないかい？」

「ああ、喜んで。でも実は、金曜日はわれわれユダヤ人にとって安息日という大切な日なんだ。君が日没前にうちに来てくれたら、一緒にシナゴーグの礼拝に行って、それからうちで食事をするというのは、どうだい？」

ヘンリーはキリスト教徒だったが、喜んで彼の提案を受け入れた。

そして週末、ヘンリーが到着すると、二人はシナゴーグへ行った。ヘンリーにとって、シナゴーグは初めての経験で興味津々。礼拝の言葉はヘブライ語が主なので意味はよくわからないが、その旋律が美しくてうっとりと聞いていた。

しばらくして礼拝が終わりかけたころ、数週間後にひかえた新年のお祭りのための、聖書を朗読する権利を決めるオークションが始まった。ハイムは、ヘンリーにこれがどういう競売かを説明した。オークションは英語で執り行なわれていたので、ヘンリーにも理解ができた。

彼は朗読者が次々と決まっていく様子を、驚きと期待をもって見守っていた。

「では、次の権利だ。さあ十ドルからスタートだよ」

「二十ドル！」

「三十ドル！」

するとハイムが声を発した。

「五十ドル！」

ハイムが入札したのを見て、ヘンリーは思わず叫んだ。

「百ドル！」

それに気づいたハイムは、急いでヘンリーの袖を引っ張って会堂の脇に連れて行き、彼を諌《いさ》めた。

「ヘンリー！　君は何をしているのかわかっているのかい？　さっき説明したとおり、これはトーラーを朗読するという特殊な権利の競売なんだ。どうして君が声を上げたんだい？　しかもボクの言った倍の金額じゃないか」

ヘンリーは、じっとハイムを見つめて言った。

「ハイム、ボクは君とずっと一緒に仕事をしてきた。それで、君が五十ドルと言ったなら、実際はその倍の値打ちがあるということくらい、良くわかっているつもりだよ」

物忘れ

患者「ドクター、わたしは物忘れがだんだんひどくなっています。どうしたらいいでしょうか」
医者「ではまず、診療費を先にお支払いなさい」

利子

あるラビが、町でも金持ちで有名なゴールドバーグ氏のところに行き、相談した。

「親愛なるゴールドバーグ氏よ。私に、千ルーブルほど都合をつけてもらえませんか。六カ月後には、必ず返しますから」

「なんですって？」

ゴールドバーグは驚いて問いただした。彼はこのラビの所属するシナゴーグに通っていて、ラビのことはよく知っており、彼に返済できる経済力がないのも知っていた。

「あなたは、ついこの間の安息日に『友人に利子を付けて金を貸す者は、その友人を殺

したも同然である』とおっしゃっていましたよね」

「ええ、確かに。でも誰が利子付きで貸してくれと言いました？」

「利子なしで、ということですか？」

「そのとおり」

「お断りします。それでは、友人ではなく、自分自身の首を絞めることになりますから」

ある会話

ド「コビィ、もう寝たかい？」
コ「なんだい、ドゥドゥ？」
ド「ちょっと三ルーブルほど貸して欲しいんだけど」
コ「僕はもう寝たからね」

＊

貸「では、今回お貸しするお金は、いつ頃返済するおつもりですかな？」
借「いやぁ、それはちょっとわかりませんなぁ。ワシは預言者じゃないもんで」

＊

A「あんた、ナホムって男、知ってるかい?」
B「ああ、あの魚屋のナホムだろ。知ってるよ。ちょうど昨日ヤツに金を貸してやったよ」
A「ナホムに金を貸しただと? じゃあ、あんたはナホムのことは知らないってことだな」

✡ 金持ち ✡

ほんとうの金持ち

タルムードを学んでいる貧乏学生が二人、金持ちの暮らしぶりについて話していた。

「この町一番の金持ちは、安息日ごとに新しいシャツを着るんだとさ」

「そうかい。でも知事なんて、毎日新しいのに着替えるんだぜ」

「ふーん。でも皇帝なんかは、一日に二回新品のシャツに着替えるそうだ」

「本当かい。じゃあロスチャイルドはどうだろう」

「ロスチャイルドか。ロスチャイルドはすごいらしいよ。シャツを着たかと思うと脱ぎ、着たかと思えば脱ぎ……」

代理人はみな同じ

ロシアの田舎町にユダヤ人の老夫婦が住んでいたが、彼らは大変貧乏で明日の食べ物もなく困っていた。

「そうだ、神様に手紙を書こう！」と信仰深い老人は妻に言い、神様に助けを求める手紙を認《したた》め、封筒の表書きに神の名を書いた。

「でも、どこに投函したらいいのかしら」と、老夫人は困惑して尋ねた。

「神様はどこにでもいらっしゃる。どんな方法でも届くものさ」と言って、老人は手紙を窓の外に投げた。するとそれは風に乗って、ひらひらと道路の方に舞い降りていった。

ちょうどそこに情け深い金持ちが通りがかり、手紙が目の前に落ちた。彼はそれを読んで心を動かされ、この二人の老人をなんとか助けてやりたいものだと思った。

しばらくして金持ちはドアをノックした。

「レブ・ヌートさんはこちらにおいでかな？」

「レブ・ヌートはワシじゃが」

金持ちは微笑んで言った。

「実は、あなたが神様に出した手紙が先ほど届きましてね。いえね、私は神様のロシア地区の代理人なんですが、百ルーブルをあなたに届けるようにと言われてきたんですよ」

「おい、聞いたか！　神様はワシらの手紙に応えて下さったぞ！」と二人は大喜び。お金を渡して、金持ちも満足そうに帰っていった。

けれど、しばらくして老人は顔を曇らせ、考えこんでしまった。

「どうしたんですか？」と夫人がいぶかしげに尋ねた。

「いや、普通代理人という連中はずる賢いやつらばかりだ。話がどうもうますぎる。そうか！　神様はワシに二百ルーブル下さったのに、やつは手数料五十パーセントを差し引いて持ってきたに違いない！」

孤児

けちん坊の金持ちがいた。ある日彼は、貧しい人々のマッツァー（過ぎ越しの祭りに食する種なしパン）を買うための寄付を募られ、ほんのわずかな寄付をした。

「あなたの息子さんは貧しいのに、あなたよりも慈悲深いです」と代理人は皮肉っぽく言った。

「まったく、私と息子が比べものになりますか？　あいつには金持ちの親父がいるが、私には父親なんてもの、いないんですよ」

誠実

貧しいユダヤ人農夫が裕福な隣人を訪れ、ロバを貸してほしいと頼んだ。

「すまないね」と裕福な農夫は言った。

「しかし私のロバはいま牧草地にいるんでね」

ちょうどそのとき厩舎《きゅうしゃ》の方から、ロバのいななきがヒーホウと聞こえてきた。

「あんたのロバは家畜小屋で啼《な》いてるじゃないか！」貧しい農夫が怒って言った。

裕福な農夫も不機嫌になった。

「いったいどっちを信じるんだね？」

彼は威厳を保ちながら尋ねた。

「啼いてるロバかい、それとも私かい？」

洞察力のある父親

ある金持ちの男がいた。彼は工場などをたくさん所有し、町でただ一軒のワイン・ハウスも経営していた。彼には息子が二人おり、一人は品行方正で堅実な男で、もう一人は馬鹿騒ぎが好きな浪費家だった。

金持ちの男は自分の人生の終わりが近いことを感じ、ある日遺書を作成した。工場などのほとんどの財産を浪費家の息子に譲り、ワイン・ハウスだけを堅実な息子に残すことにした。


友人の一人がそのことを聞きつけ、彼をとがめた。

「なぜそんなばかなことをしたんだ？　生涯かけて築いてきた富のほとんどを、大酒飲みの息子に与えるとは、どういうわけだ？」

「私を信頼してくれ」と金持ちは言った。
「このことは慎重に考えたんだ。もしワイン・ハウスをあの飲んだくれの息子にやれば、ろくでもない仲間と一緒に、あっという間に店を飲み干してしまうだろう。しまいには債権者たちが店を取り上げてしまうに違いない。そんなことにならないように、ワイン・ハウスは酒を飲まない堅実な息子にやるんだ。そして他のものは飲んだくれの息子にやる。ことは単純さ。私のワイン・ハウスは町でたった一軒なんだ。酒飲みの息子は仲間とその店に飲みに来る。工場もほかの金も全部つぎ込むだろう。結局は、良いほうの息子に全財産を残せるわけだ」

❖相続問題は、どこの国でも、金持ちにとっての悩みの種であろう。こんなケースもよくある例だが、現実主義者のユダヤ人はうまく考えたものだ。

歯には歯を

ある町に、成り上がりものの金持ちがいた。彼は無知なうえに傲慢で、嫌われていた。彼には一人娘がいたが、父親が金持ちであるということ以外、とりわけて長所はなかった。それで、彼女の結婚話はことごとく破談となった。

ある日、ヘルシェル・オストロポリアーが縁談話を持っていった。ヘルシェルはこう言った。「あなたの宝石のような娘さんにぴったりの青年がいます。彼はハンサムだし、トーラーもよく学び、人柄もいい」

「ほう、それは誰だ？」金持ちは微笑みながら尋ねた。

「靴修理屋の息子、シュムエルです」

「ばかもん！」と金持ちは怒って叫んだ。

「そんな家柄の低い男を推薦するとは何事だ！　とっとと家から出ていけ！」

そして金持ちはヘルシェルの首根っこをひっつかまえて、家の外に放り出した。

数日後、ヘルシェルはまたその金持ちの家を訪ねた。

「またお前か！」と金持ちは怒鳴った。「二度と姿を見せるなと言ったじゃないか」

「まあ、そう怒らずに」となだめながら、ヘルシェルは言った。

「今度はとっておきの縁談をお持ちしたんですぞ」

金持ちは疑い深く尋ねた。

「本当か？　今度は誰だ？」

「何を隠そう、ラビの息子です」

「素晴らしい！　こりゃあ予想外だ！」金持ちは喜んだが、すぐに心配そうな顔でつぶやいた。

「なあ、わが友ヘルシェル君、君はこの話をラビに伝えたのかな？」

「もちろんですとも！　当然ラビとお話ししましたよ」

「そうか！　それでラビは何とおっしゃった？」

「ラビが何とおっしゃったかですって？　それは先日あなたが私に言ったのとまったく同じですよ。『ばかもん！　そんな家柄の低い女を推薦するとは何事だ！　とっとと家から出ていけ！』そしてラビは私の首根っこをひっつかまえて、家の外に放り出したんです」


❖空想のヘルム村のヘルシェルは、ここでは愚か者としてではなく、金持ちを風刺する賢い仲人として登場している。金持ちと言えども、無知と傲慢ではユダヤ人社会では相手にしてもらえない。

大富豪の知恵

ある日、ニューヨークの銀行の前に、ロールスロイスの車が停まった。中から、ユダヤ人の大富豪が現れて、銀行に入っていった。

受付で「マネジャーに会わせてほしい」と言うと、すぐに応接間に通され、トップマネジャーが応対してくれた。

「どのようなご用でございましょうか」

「いや、大したことではない。二週間ばかり、三十ドルほどお借りしたい」

マネジャーは耳を疑い、「三十ドルでございますか」と、もう一度聞き直した。大富豪氏は、鷹揚《おうよう》にうなづく。

「残念ながら、あなた様は弊行にまだ口座がございませんので、その場合、担保が必要でございます」

「わかりました。それは当然のことです。では、私の車を担保に差し出しましょう」

三十ドルに対してロールスロイスでは文句のつけようもなく、マネジャーは三十ドルを貸し付けた。

二週間後、大富豪は戻ってきて、三十ドルとその利息九セントを支払うと、銀行の駐車

場からロールスロイスを返してもらった。マネジャーは好奇心を抑えきれず、

「失礼ですが、あなた様のようなお金持ちがどうして、わずか三十ドルを借りる必要があったのでしょうか」

「このマンハッタンで、私の車を九セントで二週間駐車できるところが他にありますかな」


❖こんなケチな金持ちがいるから、ユダヤ人は嫌われるぞ、と言わんばかりのジョークである。

第5章　ユダヤ人の信仰はおおらか
——聖書とタルムードは生きている

ユダヤ人の聖書とは、キリスト教でいう旧約聖書のこと。ユダヤ教では、この聖書のほかに、タルムードという聖典がある。

ユダヤ教には、仏教やキリスト教のような専門の聖職者がいない。神の下ではみな平等で直接神と接するのが建前である。その代わりラビと呼ばれる学者がいる。ラビはユダヤ人の地域社会の教師、悩める人のカウンセラー、もめ事の仲裁人、裁判官の仕事も引き受ける。

ラビになりたい人には、ラビの下で、聖書やタルムードを一生懸命に勉強しなければならない。その生徒の学生生活やラビに相談する人々のことは、ユダヤ・ジョークによく取り上げられる。

ジョークを通してユダヤ人の信仰、聖書やタルムードの内容が、断片的にでも伺えるので、日本の読者には馴染みの薄いテーマであるが、ご紹介しよう。

✡聖書の世界✡

なぜアダムは一人なのか？

なぜ神はアダムを一人だけ創《つく》り、一度に大勢創られなかったのだろうか？

それは、人間の一人一人が、そもそも全宇宙にも等しいことを示すためである。また、一人の人を殺すのは全世界を破壊するのと同じくらい罪深いことであるのを人類に教えようとされたためである。だから、ただ一人の人の命を救うことは、すべての人間の命を救うのと同じように尊いのだ。

さらにまた、一度に多くの人間が創られれば、異教のやからは、神は一人ではないことの決定的な証拠だと言うであろうから、そうさせてはならないからである。

さて最後に、神はこのことによって、ご自分の力と栄光とを確立された。コインを製造する者はただ一つの鋳型《いがた》を使って作業するので、出てくるコインはみな同じである。しかし、主の御名をほめたたえよ、王の中の王はすべての人類をアダムの鋳型にて創りながら、だれ一人として他人と全く同じ者はない。このゆえに人はみなそれぞれ自分自身を敬い、尊厳をもってこういうのだ——

「神は私のためにこの世を創ってくださいました。それゆえに主よ、虚しき情熱のゆえに永遠の命を失なうことのないようにしてください！」

神が与え給うた寿命

神はロバを創造した。そしてロバに言った。

「あなたにはロバという名前を与えよう。あなたは日の出から日の入りまで、毎日背中に重い荷物を運ぶだろう。あなたの知能は乏しく、草を食べて生きる。あなたには五十年の寿命を与えよう」

「ちょっと待ってください」

ロバが不服そうに答えた。

「そのような状態で五十年も生きるのはあんまりです。私には二十年ほどの寿命で結構です」

神はロバの願いをかなえてあげた。神はそれを見て良しとされた。

次に神は犬を創造した。

「あなたには犬という名前を与えよう。あなたは人間に飼われ、彼らの家を守り、人間の良き友となるであろう。あなたは人間の残飯を食べて生きる。あなたには二十五年の寿命を与えよう」

「ちょっと待ってください」

犬が不満げに答えた。

「そのような状態で二十五年も生きるのはあんまりです。私には十年ほどの寿命で結構です」

神は犬の願いをかなえてあげた。神は見て良しとされた。

そして神は猿を創造した。

「あなたには猿という名前を与えよう。あなたは一日中、おバカさんのように木から木へ飛び移り、奇声を発して笑いものにされる。あなたには二十年の寿命を与える」

「ちょっと待ってください」

猿は困った顔をして答えた。

「そんなピエロのような存在として、二十年も生き続けるのはあんまりです。私には十年ほどの寿命で結構です」

神は猿の願いをかなえてあげた。神は見て良しとされた。

最後に神はアダムを創造した。

「あなたはアダムという人間である。あなたは二本足で歩き、この地上で最も賢い動物である。あなたはその知能を用いて、すべての動物を治めるであろう。あなたには二十年の寿命を与えよう」

「ちょっと待ってください」

アダムはあわてて答えた。

「そのような知能ある人間として生きていくのに、二十年では短すぎます。どうか、ロバが放棄した三十年、犬が放棄した十五年、猿が放棄した十年を私にください!」

神は人間の願いをかなえてあげた。神はそれを見て良しとされた。すなわち……

——神がもともと計画されたように、最初の二十年間は人間として生き、

——その後、結婚してからの三十年間は、日の出から日の入りまでロバのように働かされ、

――その途中、子供が生まれてからの十五年間は、犬のように夜遅くまで家を守り、家族が食べ終わった後の冷えたご飯を食べ、

――そして晩年の十年間は、猿のようにバカになって、孫をあやすのである。

モーセと燃える柴

モーセは人里離れた荒野で羊の群れの番をしていた。

あるとき、ホレブという山に来たとき、小さな棘《とげ》だらけの柴を見つけた。まるで、近寄りがたい人のような、醜《みにく》い茂みだった。

モーセはそれを眺めながら、思わず辛辣《しんらつ》につぶやいた。

「ああ、わたしの民イスラエルは、なんと荒野のなかのこの柴によく似ていることよ。おまえはみすぼらしくて、おまえを見る者はみな、おまえを敬遠する！」

こうして彼が自分の民の苦しみについて、悲しげに思いにふけっていると、突然、柴が燃え出した。それを見て、びっくりしたモーセは叫んだ。

「あやや、わたしの民イスラエルをこの棘だらけの柴と比べたせいで、柴を燃やしてしまおうと炎が出てきたのだ。ああ、神様、わたしの民は滅びるのでしょうか」

ところが、モーセが見ているると、柴は燃えているのに、少しも燃え尽きない。

そこで、彼の悲しみは消え去り、非常な喜びに満たされた。

そして、声が響くのをモーセは聞いた。

「この棘ある柴が燃え尽きないように、ユダヤの民も滅びない。憎しみの炎がユダヤの民に燃え上がっても、それは鎮《しず》められるだろう。どんな悪もどんな不運もユダヤの民を滅ぼすことはできない！」

学者の特権

木のてっぺんに止まっているカラスを、お腹をすかせたキツネが見上げていた。何とかカラスをだまして引きずり降ろそうとしたが、カラスはまったく相手にしない。

「馬鹿なカラスだ！」とキツネはあざ笑った。

「おれを信用しろよ。怖がることなんかない。鳥や獣は二度と争うことはなくなるんだ。メシアが来られるんだぞ。おれのようにタルムード学者なら誰でも知っていることだ。預言者イザヤは言った。『ライオンは、子羊とキツネとカラスと共にいて、永遠に平和に暮らすであろう』」

キツネが甘い声でこう囁いたとき、猟犬の吠える声が聞こえた。キツネは怖くなって震えだした。

「馬鹿なキツネだこと！」とカラスは木の上から言った。

「イザヤの預言のとおりなら、怖がることなんかないのに」

「そうさ、イザヤは預言したさ」

キツネは木の陰にこそこそと逃げ込みながら言った。

「だけどあの預言には、犬のことは書いてないんだ」

罪人の運命

ある月夜の晩、お腹をすかせたオオカミを誘って、キツネが井戸の側にやって来た。キツネはつるべの一方の桶に乗り、井戸の底まで降りていった。

「そこで何してるんだ？」とオオカミが尋ねると、キツネは嬉しそうな声で答えた。

「なんてすごいんだ！　食べ物やチーズがどっさりだ。こっちを覗いてごらん」

オオカミが覗き込むと、月が水に映っていたが、確かにチーズのかたまりに見えた。

「どうやってそこに行けるんだ？」とオオカミが尋ねると、「簡単だよ。その桶に飛び乗ってごらん」とキツネが答えた。

オオカミが桶に乗ってストーンと井戸の底に落ちると、その反動でキツネは井戸の上に飛び出した。自分の情況に気づいたオオカミは「助けてくれ!」と叫んだが、キツネは箴言の言葉をつぶやいただけだった。

「正しい者は悩みから救われ、悪しき者は、代わってそれに陥る」(一一章八節)

一セントでも恵んで下さい

男が、神に願いごとをするために丘の上に登った。

「神様、お聞きしたいことがあります。百万年はあなたにとっては何でしょうか」

神は答えた。「一分くらいなものだ」

そこで、男は尋ねた。「では、百万ドルはあなたにとってなんでしょうか」

すると神は答えた。「一セントくらいなものだ」

そこで、男は願った。「神様、わたしに一セントばかり……恵んで下さいませんか」

そこで神は言った。「もちろん……一分たってからあげよう」

ノアの箱舟の教訓

ある人がノアの箱舟から学んだこと。

1. 舟に乗り損なうな。
2. われわれは同じ舟に乗っていることを忘れるな。
3. 先だって計画せよ。ノアが箱舟を造ったとき、雨はまだ降っていなかった。
4. 元気を保て。六十歳の時に、誰かがでっかいことを頼みに来るかもしれない。
5. 批評に耳を傾けるな。しなくてはならない仕事をやりつづけよ。
6. 高い地面に未来を築け。
7. 安全のためには、ペアで旅せよ。
8. スピードはつねに有利とはかぎらない。カタツムリもチーターと一緒に乗っていた。
9. ストレスに悩むときは、しばらく漂っているがよい。
10. 覚えておくこと、箱舟はアマチュアが造ったが、タイタニック号はプロが造ったではなかったか。
11. どんな嵐が襲っても、神が一緒なら、いつでも虹が待っている。

✡ ラビさん、ご苦労様 ✡

にわか仕立てのラビ

その昔、ドゥブノ（ウクライナ西部の町）に有名な説教師がいた。彼は町から町へいつも馬車で旅をしていた。行く先々、どこへ行っても熱狂的に歓迎され、多くの人々の尊敬の的になった。

ある日、御者（馬車を操る者）が説教師に言った。

「ラビ、お願いがあります。私は学問など何もわからない、ただの御者ですが、ラビのように皆に注目されるとどんな気分がするものなのか、一度味わってみたいんです。一日だけで結構です。着ているものを交換させてもらえませんか？　そうすれば、人々は私が高名な説教師だと勘違いして、私を尊敬してくれるんじゃないかと思うんです」

ドゥブノの説教師は答えた。「ラビの服を着たからといって、ラビになれるというものではないんだよ。学問は、そうすぐ身につくものではない。もし律法の難しい箇所について説明してくれと言われたら、きみが物笑いの種になるだけではないのかね？」

しかし御者は何度も頼むので、ラビは承知し、二人は服をぬいで交換した。

彼らが町に入ると、ユダヤ人たちが、偉大な説教師に歓迎の挨拶をしようと、続々と集まってきた。当の〝ラビ〟は町中の学者や身分の高い人たちに囲まれて、貴賓席についた。一方、本物の説教師は、これは面白いことになってきたぞ、と思いながら、後ろのほうから御者にじっと眼を注いでいた。

「お偉いラビに伺います」突然、出席している学者から質問が飛んだ。「律法のこの部分が、どうしても理解できないのですが、ぜひ説明していただきたいと存じます」

後ろのほうで本物の説教師がククッと笑った。質問の箇所は、いかにも難しいところだった。〝ラビ〟は険しい顔で、目の前の聖なる書物をのぞきこんだ。まずい、それらの言葉はどれ一つ理解できないではないか。

やがて彼はもどかしそうに本を押しやると、皮肉たっぷりに語りかけた。

「ずいぶん大勢、学者方が集まっておられるようだが。この私に聞くのなら、もう少しましな質問をしてほしいものだ！　こんな簡単な質問には、私の御者だって答えられる！」

それから彼は、ドゥブノの説教師に声をかけた。

「御者よ、ちょいと出て来て、この律法をこちらの『学者方』に説明しておあげ！」

救いの声

ラビ・モーゼス・レブはたいそう寛容な人だった。

村のショヘット（食物規定にかなった屠殺を役目とする人）のだらしのない行状について多くの苦情が起こり、村人全員が彼の罷免《ひめん》を求めた。

彼を弁護したのはたった一人だった。

賢者は眉を寄せて証言に聞き入ったあと、裁決を下した。

「このショヘットのすべての責めを解き、彼をもとの役目にとどめておくこととする」

その場は騒然となった。

「ラビ！　これだけ大勢の証言があるのに、いったいどうしてたった一人の言葉を取り上げるのですか？」

ラビは穏やかに答えた。

「神がアブラハムに、一人息子イサクを犠牲として捧げるよう命じたとき、アブラハムは彼の手を押しとどめた一人の天使に聞き従わなかっただろうか？　それが神の意思に反していたにもかかわらず、神はそれを正しいとされた。

この件についての神の理は明らかである。人を傷つけることのためには高い権威の決定が必要である。そして彼を危害から救うためには、最も重要でない出どころからの一言だけでよい」

もっと時間をかけるべきだった

ラビが過ぎ越しの祭りのために、村の洋服屋に新しいズボンを注文した。

洋服屋はまったく当てにならない男で、ズボンはなかなか仕上がらなかった。祭りに間に合わないのではないかと、ラビは気が気ではなかった。

祭りの前日、洋服屋が息せき切ってズボンを届けにやってきた。

ラビは新しいズボンをくまなく調べてから、洋服屋に言った。

「遅れずに届けてくれてありがとう。だが、教えてもらいたいのだが、神様がこの広大で複雑な世界をお創りになられるのに、たった六日間しかかからなかった。しかし君がこの簡単なズボンを作るのに、六週間もかかったのはどうしてかね？」

「ですが、ラビ」洋服屋は得意そうにささやいた。

「ごらん下さい。神様がお創りになった世界はめちゃくちゃじゃないですか。でも、このズボンはこんなにすばらしい仕上がりですよ！」

すばやく悩む

頭の回転の速いラビがいた。彼は片手間に商売をしていた。

ある時彼は判断を誤り、全財産をかけた商売で大損し、一夜のうちに無一文になってしまった。

彼の弟子たちはそれを聞き、打ちひしがれたラビを慰めようと彼のもとへ駆けつけた。

驚いたことに、ラビは落ち着いた風情で研究に没頭している。

「敬愛するラビ！」

彼らは容易に信じがたく口ごもった。

「わたしたちには理解できません……まったくご心配なさらないのですか？」

「もちろん心配した」

ラビは答えた。

「しかしあなたがたも知るとおり、神は私に迅速な頭脳を授けてくださった。他の人がひと月悩むところを私は一時間で悩み終わるのだ」

学問の使い道

ある日、見知らぬ男が学びの家にやってきた。誰も今まで彼を見たことがなかった。ものも言わずに神聖な知識の書の棚に歩み寄り、大きな本を次から次へとひっぱり出し始めた。タルムードの書物、ラシーの注釈書、イブン・エズラ、そしてランバン。

そのとき学びの家は学者たちでいっぱいだった。彼らは信じられないという面持ちで男を見ていた。「たいした学者に違いないね。彼は」

「一度にこんなにたくさんの典拠を用いる学者には、私は生涯で一度もお目にかかったことがありません」

整然と、見知らぬ男は大きな本を積み上げた。そして皆が驚き見守るなか、その上によじ登り、棚のてっぺんに隠しておいた固いチーズに到達したのだった。

正しい審判

ある村の男が、大きな町のラビのところへやって来た。

「ラビ、私は隣の村から来ました。神に対する訴訟を持ってきたのです。事情はこうです。

私には妻がいました。そのうえ一万ルーブル持っていました。ところが神は何をしたと思います？　まず一万ルーブルを取り上げ、そのあと妻も取り上げてしまったんですよ。私はお尋ねしたい。神が取り上げる順序を逆にして下さったらよかったのに。

初めに妻を取り上げられたのなら、わたしは一万ルーブル持った男やもめになっていたことでしょう。もしそうだったら、私はすぐに一万ルーブルの持参金つきの花嫁と再婚できたでしょう。そしてそのあと神が一万ルーブル欲しいと思われたのだったら、私にはまだ妻と、もう一万ルーブルが残されていたはずなのです」

ラビはちょっと困った顔になって尋ねた。

「あなたはなぜその訴訟をあなたの村のラビでなく、私のところへ持ってきたのかね？」

「率直に言いますと」、村の男は答えた。

「このようなことを、われわれのラビに任せることはできません。なぜなら、彼は神をおそれる男なので、訴訟の判決を神にゆだねてしまうからです。しかし、あなたは神をおそれない人です。少なくとも、私にも半分勝ち目があるでしょう」

正しい診断

ある男が町にやってきて、お金持ちの医者の家を訪ねてきた。年取った男は弱々しい声でこう言った。

「実は私はラビなのですが、病に苦しんでおります。どうか寄付金をいただけませんでしょうか？」

自由主義者のその医者は、若き日に少々ユダヤ教を学んだことがあり、このラビの学問がどの程度のものか試してやろうと思った。

「ラビ様、あなたはマイモニデスの『迷える者への手引き』を学ばれましたか？」

ラビは大声で叫んだ。

「学んだかだって？　そのような本は、十三歳のときから勉強しております！」

「ではもう一つ質問を。ラビ・トルストイのタルムード注解書である『復活』は勉強されましたか？」

「なんという質問だ！」

ラビは立ち上がり、浮ついた調子で答えた。

「そんなものは暗記しとりますよ！　若い頃イェシバー（ユダヤ教学院）でさんざん学

びましたから」

自由主義者の医者は、微笑みながら言った。

「友よ、わたしの意見を言わせてもらえば、あなたは病気がちなラビではなく、健康な知ったかぶりですな」


❖もちろん、このラビは偽物である。医者は、鎌を掛けて、ロシアの文学者トルストイをラビ・トルストイと称して、質問したのである。

信じる者にとって真実

奇跡的な力を持つことで知られるラビの弟子が、先生のことを友人に自慢して話していた。

「毎晩、私の先生は、預言者エリヤに姿を変えるんですよ！　どんなもんです！」

「君にどうしてそんなことがわかるんだい」と疑い深い友人が言った。

「ラビがそうおっしゃったんだ」

「ラビだって嘘をつくことがあるだろう」

「私のラビに対して、何ということを言うんだ」彼は顔を真っ赤にして言った。

「毎晩、預言者エリヤに姿を変えることができるような先生が、どうして嘘をつく必要があるんだい！」

誰のためにニワトリは鳴く？

二人の敬虔なユダヤ教徒が隣り同士に住んでいた。一人は貧乏だが喧嘩っ早かった。もう一人は裕福だがケチだった。

さて、貧乏なほうがニワトリを一羽買った。その鳴き声で朝早く目覚め、トーラーを勉強するためである。おかげで彼は、毎日早朝から学ぶようになった。一方、隣に住む裕福な男も、その鳴き声で夜明けとともに起き上がり、トーラーの勉強に励んだ。

しばらくしてそれを知った貧乏な男は怒って、隣人にこう言った。

「あなたもこのニワトリの鳴き声で目覚めているなら、少しは飼育代を負担するべきだ！」

「あなたにニワトリを飼ってくれなんて頼んじゃいないさ」

「そりゃそうだ。だがニワトリのおかげをこうむっているのは確かだろ」

「鳴き声で私が起きるとしても、そのために経費がかかっているとでも言うのか？」

「よしわかった。一銭も払わないって言うなら、ラビのところへ行こう」

「いいだろう！」

こうして彼らはラビの許に相談に行った。ラビは話を聞き終えると、長い間考え込んでいた。

ラビは長い髭をなぜながら、「うーむ、これは非常に難しいケースだ……」とつぶやいた。そして、やおら立ち上がると、「採決を聞きたいのなら、君たち二人は一グルデンずつ支払わねばならないな」

二人は顔を見合わせたが、それでも一グルデンずつラビに渡した。

「ではお聞きなさい。ニワトリの飼い主は、自分のニワトリだから自分のためにだけ鳴いてほしいという。一方隣に住む者は、鳴き声が聞こえてしまうのは仕方ないと言う」

ここでラビはにっこり笑い、二人の顔を見比べて言った。

「だが、このニワトリは、所有者のあなたのためにでも、隣のあなたのために鳴いたのでもない。私のために鳴いてくれたんだ。おかげで間抜けな二人が、一グルデンずつ私に払ってくれたよ」

利口すぎると損をする

ある日貧乏人がいつものように下を向いて歩いていると、道ばたに小さなバッグが落ちているのを見つけた。中を見ると、百グルデンもの大金が入っているではないか！

同じ日、金持ちの男が大金の入ったバッグを無くしたと、シナゴーグで騒いでいた。発見者にはお礼をすると皆に告げた。

それを聞いた貧乏人は迷った。これを届けるべきか？　家では子供たちが腹を空かせて泣いている。誰も自分が拾ったところは見ていないはずだ。しかし、ついに彼の良心がうち勝って、金持ちのところに返しに行った。

金持ちは仏頂面で「ありがとう」とも言わずバッグを受け取ると、お金を数えた。ちょうど百グルデンだった。

貧乏人は「拾った報酬はもらえるんでしょうか？」とおそるおそる尋ねた。しかし金持ちは、それを突っぱねるように言った。

「報酬だと？　なんてお前はずるいヤツだ！　バッグには二百グルデン入っていたんだ。すでに百グルデン抜き取っておきながら、さらに報酬をほしがるとは、欲深いやつめ！」

「それなら、ラビに裁定をしてもらおうじゃないか！」と貧乏人が叫ぶと、金持ちも「望むところだ！」と答えた。

ラビは二人の言い分を聞き終わると、まず金持ちに向かって尋ねた。

「あなたは、いくらのお金が入ったバッグを無くしたのかね？」

「二百グルデンです」

今度は貧乏人に尋ねた。

「あなたの拾ったバッグには、いくら入っていたんだね？」

「百グルデンです」

ラビはしばらく考えたあと、金持ちに向かってこう言った。

「では、裁定をしよう。この貧乏人が拾ったバッグには百グルデンしか入っていなかったのだから、あなたの落としたものではない。百グルデンの入ったバッグを彼に返しなさい！」

かわいそうな雌牛

ある安息日の午後、ヘルシェルはラビの書斎の窓から外を見ていた。

彼が突然に質問をした。「ラビさん、安息日に、牛が溺れかけているとしたら、助けていいものでしょうか、それともそのままに放っておくべきでしょうか」

「もちろん、助けるわけにはいかぬ。許されん。お前は何を見ているんだ？」

「ええ、牛が一頭、湖に落っこちました」

ラビはため息ついて、「人は何もできない。聖書が禁じている」

ヘルシェルは大声で「あらら-、水が牛の頭まで来ています。気の毒に！　かわいそうな生き物だこと！」

「人は何もできぬ！」

「ラビさん、牛のために何もできぬとおっしゃいますか」

「一体全体、お前は何に気を取られているんじゃ？」

「ああ、もう牛が見えません……消えてしまった……溺れてしまった！　かわいそうに、かわいそうに」

「どうしたというんだ、ヘルシェル。どうしてそんなに嘆いているのじゃ？」

「ラビさん、あなたも残念に思いますよ、本当に、嘆きますよ」

「なぜじゃ？」

「ラビさん、あれはあなたの雌牛なんです」

❖ユダヤ教では、安息日（土曜日）には労働が禁じられている。しかし、このような場合、柔軟に律法を解釈することが許されるのだが、頭の硬いラビは頑固に頑張った。ラビの形式主義をからかった風刺のジョーク。

タクシー運転手

著名なラビが亡くなり、天国に行った。

すると驚いたことに、タクシーの運転手が彼よりも高い場所に座っていた。

そこで天使の一人に聞いてみた。

「私は一生の間、神に仕えてきたのに、なぜタクシーの運転手が私より高い場所にいるのかね？」

「天国での場所は、その人の業績によって決められています」

天使は答えた。

「ところでラビさん。あなたが聖書の講義をしているときに、みんなあなたのお話を聞いていましたか？」

「いや、話を聞きながら眠っている人もいた」

「やっぱり！」

天使は納得した様子で、手を打って答えた。

「このタクシー運転手は、客を眠らせないばかりじゃありません。客は乗っている間中、ずっと祈っていたんですよ」


❖現代イスラエルの交通事情をからかっているようでもある。イスラエルのドライバーは、実に乱暴な運転をすることで有名だから。

ニワトリ泥棒

ある人がラビのもとに相談に来た。

「ラビさん、実はつい出来心で、ある人の庭で飼っているニワトリを一羽盗んでしまったんです……」

「それは良くないことじゃ」

「はい……。反省しております。それで、そのニワトリをラビさんに引き取ってほしいのですが」

「それはダメだ。今すぐ飼い主の所へ行ってきなさい」

「それが、おっしゃるとおりに引き渡そうとするのですが、拒否されるんです」

「そうか……」ラビはしばらく考えていた。

「それでは、あんたにニワトリを持って帰る権利がある、ということになるのう」

「そうですか。ラビさん、ありがとうございます」

「ただし、二度とこのようなことをするんではないぞ」

ラビは彼を諭しつつ、家の門まで見送っていった。そして、ふと自分の庭を見ると、庭で飼っているニワトリが一羽減っているのに気づいた。それも一番肥えたのが……。

✡ ユダヤ教の宗教生活 ✡

プリムとペサハ

ある安息日の夜、おふざけ者のフロイムは家へ帰るところだった。

敬虔なユダヤ教徒である彼のおじいさんの家の前に来たときには、もう真夜中になっていた。ところが驚いたことに、おじいさんとおばあさんはまだ起きていて、安息日のろうそくがこうこうとついている。

そこでフロイムは家に入ってみた。

「おじいさん。どうしてまだ寝ないんだい。もう真夜中だよ」

おじいさんは残念そうに言った。

「今日は安息日だろ。ワシらはろうそくの火を消すという労働は禁じられておる。だが、代わりに火を吹き消してもらう異邦人が今日は近くにおらんのじゃ。かといって、ろうそくをつけたままにしておくと、火事にならんかと思って心配で眠れんのじゃ」

そこでフロイムは少し考えてから、一本のろうそくの前に立って大声でこう言った。

「ねえ、おじいさん。プリムの祭りはいつだったたっけ?」

フロイムがろうそくの火に向かって「プリム」のプを強調して言ったとき、火は吹き消されてしまった。

彼はもう一本のろうそくの前に立ち、今度も大声で尋ねた。

「ペサハはいつだったっけ？」
「ペサハ」のペの音で、火はすぐに消えた。フロイムはニコッと笑って言った。
「おやすみ、おじいさん、おばあさん。だれも安息日のおきてを破らなくて良かったね」

❖安息日に禁止された労働の中に、火をつけたり消したりすることがある。異邦人、つまりユダヤ教徒でない人はそれを守る義務がないので、ユダヤ人は、自分で出来ないことを彼らに頼んだりする。プリムは、三月頃に巡って来る、悪代官ハマンからユダヤ人が救われたことを記念する祭り。ペサハは、四月頃に祝う過ぎ越しの祭り。

プリムの祭り

あるキリスト教徒が、ユダヤ教のラビに向かって言った。

キ「あなたたちは偽善者だ。『復讐するな。憎むな』（レビ記一九・一八）と書いてあるのに、ハマンを憎み続け、今もプリム祭を盛大に行なうじゃないか」

ラ「プリム祭はわれわれに敵対する者がいかに悲惨な末路を辿ったか、またユダヤ人がいかに奇跡的に救われてきたかという歴史的事実を記憶するためで……」

そう言って、ラビはしばし沈黙した。そして続けた。

ラ「そう、あなたたちキリスト教徒こそ、この祭を盛大に祝うべきなのに」

キ「何を言ってるんだ？」

ラ「だって、ここでユダヤ人が全滅していたら、その四百年ほど後に、ユダヤ人の中から産まれてきたあなたたちの救世主も存在しなかったんですよ」

秘密の方法

第一次大戦中のこと、敵の捕虜を大勢捕えることで際立ったユダヤ人の兵士がいた。夜遅く、撃ち合いも止み、静寂が訪れると、彼は中立地帯へと慎重に忍び入っていく。しばらくすると何人かの捕虜を連れて戻って来るのだった。彼は不可解な規則正しさで、それを夜明けまで繰り返した。

どのようにするのか誰も知らなかったし、彼は上官にさえ秘密を明かさなかった。

このことを聞きつけた師団長が兵士を呼び寄せて質問した。

「おい、そんなに君がやすやすと捕虜を連れてこれるものならば、われわれにもその方法を教えるべきではないか。さあ言いたまえ」

「閣下！　……」若い兵士はうろたえながら告白した。「私の方法は、陸軍のマニュアルによるものではありません。ただこうするのです。夜中に最も近い敵の塹壕《ざんごう》に忍び入って、こう言います、

『ユダヤ人よ、いずこにいようとも、われらは死んだ仲間のためのカディッシュの祈りを唱えるために、十人のミニヤンを必要としている』。すぐにユダヤ人がドイツのざんごうからぞろぞろと出てきます。その連中を私が連れてくるのです」

❖カディッシュは死者を弔《とむら》う祈り。ユダヤ教では、公の場で声を出して祈るためには成人男子十人以上の列席が必要。ミニヤンという。

ミニヤンの男

裁判長は、小柄なユダヤの老人に尋ねた。「あなたの職業は？」

「わたしはミニヤンの男です」

「何だそれは？」

「シナゴーグに九人しかいないとき、私がそこに加われば十人になるでしょう」

「いったい何の話をしてるんだ？　九人の男がいたら、私が加わったって十人になるじゃないか」

ユダヤの老人はにっこりと笑い、なれなれしく裁判長のそばに来てささやいた。

「あなたもユダヤ人だったんですか」

❖裁判長はユダヤ人でない。しかしユダヤの老人は誤解してしまった。なれなれしい態度で、後はどうなることか？

なおさら悪い

ある日、ラビが深い思索をしているときに、若者がやって来て言った。

「ラビ、懺悔《ざんげ》したいのですが、私は大変な罪を犯してしまいました。ある日、祝福の祈りを唱え忘れてしまったのです」

「どうしてユダヤ人が、祝福の祈りを唱えずに食べたりしたんだ」とラビはつぶやいた。

「でもラビ、食事の前に手を洗わないのに、どうして祈りを唱えられますか？」

「なんと！　ユダヤ人が、手を洗わずに食事をするなんて！」とラビは嘆いた。

「しかしラビ、その食事はコーシェル（ユダヤの食物規定に合ったもの）ではなかったものですから」

「コーシェルじゃないだって！　ユダヤ人の君がそんなものを食べたというのか？」

「しかたないんです。そこは異邦人の家だったものですから」

「何だって！　君は背教者か？　異邦人の家で食事をするなんて」

「でもラビ、ユダヤ人の友は誰一人として、私に食事をさせてくれなかったものですから……」

「そんな嘘を言うんじゃない！」とラビは叫んだ。

「お腹がすいている者に食事を与えないなんて、そんなユダヤ人がいるものか」

「ラビ、その日はヨム・キプール（贖罪日）だったんです」


❖ヨム・キプールは、ユダヤ人にとって最も聖なる日で、丸一日断食して過ごす。

ユダヤ教徒の熊

アビという熱心なユダヤ教徒がいた。彼は旅行好きで世界を飛び回っていたが、世界中どこにいても三度の祈りは欠かしたことがなかった。

彼はかねてから夢見ていた南米のジャングルに降り立った。果てしなく続く大地、そこに広がるジャングル、見たこともない植物や珍しい動物たち。彼はすっかりジャングルの自然のとりこになってしまった。

素晴らしい自然に見とれているうちに、日は暮れ、あたりが薄暗くなってきた。もうホテルへ帰る時間だ。しかし、ジャングルの奥深くまで来ていたアビは、帰り道を見失ってしまった。行けども行けども果てしなく続く自然。どうやら完全に道に迷ってしまったようだ。

そして、ふと振り返って見ると、なんと！　熊が彼の後ろをついて来ているではないか！　彼は熊の姿を見た途端、硬直してしまって、身動きがとれなくなった。

「ダメだ、か、体が動かない……」

絶体絶命の危機。熊はますます近づいて来て、アビの体はガタガタ震え始めた。

「もう、ダメだ。もはやこれまでか……」

観念した彼は、目を閉じて最後の祈りを唱え始めた。

「シェマー・イスラエル……」

祈り終わって目を開けると、なんと！　目の前にいる熊も目を閉じ、ヘブライ語で祈りの言葉を唱えているではないか！

「き、奇跡だ！　助かったぞ！　君は世界でも珍しい、ユダヤ教徒の熊だったのか！」

しばらくすると、熊も祈りを終えようとしていた。

「……ハモッツィ・レヘム・ミン・ハアレッツ（地から食物を与え給う神よ）アーメン」

❖熊の唱えた言葉は、食事の前に神に感謝して捧げる祈りである。アビという男は、熊のユダヤ教の祈りを聞いていったん安堵したが、その祈りは、なんと食事前の感謝の祈りだった。その意味するところは？　ちょっとブラック・ユーモア的である。

神殿崩壊日

アブ月の九日。この日はユダヤ人にとっては悲しむべき神殿崩壊日だ。

ベニーはモシェおじいさん宅を訪ねた。モシェは靴を脱いで地べたに座り、涙を流しながら聖書の「哀歌」を読んでいた。

「おじいさん、どうしたの？　どうして泣いているの？」

「ベニー、おじいさんはな、二千年以上も前のことじゃが、神殿が壊されてしまったことが悲しくて、泣いているんじゃよ」

「神殿は、どうして壊されちゃったの？」

「ローマ軍が来てな、全部燃やしてしまったんだよ」

「なあんだ、そうだったの。じゃあ泣くことなんてないよ」

孫の意外な答えに驚き、モシェはその理由を彼に尋ねると、ベニーは答えた。

「だって、もうその頃から、火災保険をもらって喜んでいたユダヤ人もいたはずだよ」

❖ユダヤ暦のアブの月九日は、ヘブライ語でティシャー・ベアブという。エルサレムの神殿が、二度ともその日に破壊され征服された、ユダヤ民族の最も悲しい記念日である。

曖昧な願いではダメ

昔、ローマがユダヤを支配していた頃のこと。一人のユダヤ人が街道を歩いていた。たいそう長い間歩いてきたので、足が痛んでいた。

それで、男は「神様！　ロバがほしいです」と祈った。

この言葉を口にするやいなや、ローマ人が通りがかった。乗っていたロバは、子ロバを産んだばかりだった。

「おい、ちょっと来て、この子ロバをお前の肩に乗せてくれ」とローマ人は命令した。

そこで命じられるまま、子ロバを担いでローマ人の後について行かざるを得なかった。

思わぬ重荷を背負わされ、一層くたびれ果てて、ユダヤ人はつぶやいた。

「本当に神様は私の祈りを聞いて下さった。が、不運なことに、私は願いをはっきり言わなかった。私に乗っかるロバじゃなくて、私が乗るロバがほしいときちんと要求すべきだった」

メズザーの設置

たいそう裕福なユダヤ人が、イギリスの屋敷を購入した。それは、かつて貴族が暮らしていたという宮殿のような物件で、中には部屋が五十もあった。

ユダヤ人はイギリス人建築士を雇って屋敷をリフォームすることに決めた。そして、ユダヤ人にとって大切なメズザー（戸口の右柱に付ける聖句の入った小箱。右図参照）を、各部屋の入り口に設置するため、メズザーを必要な数だけ取り寄せた。そして建築士にそれを渡し、すべての戸口に取り付けるよう指示した。

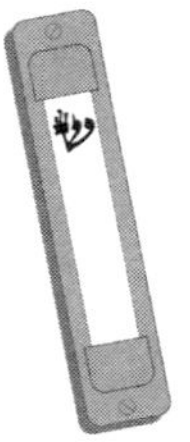

リフォームの作業が終了し、ユダヤ人は心から満足した。

「建築士よ、よくやった。素晴らしい屋敷に変身したものだ。特に、この数のメズザーを取り付けるのは、大変だったことだろう。ご苦労だった」

「ええ。非常に骨の折れる作業でしたが、すべてやり遂げました。特に、このメズザーとやらの中には説明書が入っており、いちいちフタを開けて、一つ残らず取り出してから設置するのは、大変な作業でした」

❖それは説明書ではなく聖書の言葉を書いた紙。もちろん取り出してはいけない。

母を納得させた割礼

若いタルムード学者が、ロシアのミンスクからアメリカに移住した。

長い年月がたち、彼は祖国に帰ってきた。すっかり年老いた母は、彼を見ても自分の息子だとは信じられない様子だった。息子はパリッとした、流行の服を決めこんでいる。

「あご髭は、いったいどこへやっちまったんだね？」母は驚いて尋ねた。

「アメリカでは、あご髭をはやしてる人間はいませんから」

「でも、安息日くらいは守ってるんだろう？」

「アメリカでは、安息日にも働くのが当たり前なんです」

年老いた母は肩を落とした。

「いくらなんでも、食事はユダヤのおきてどおりにやってるんだろうね？」母は期待して言った。

「それが、母さん」息子はすまなそうに言った。

「アメリカでおきてどおりの食事をするなんて、至難の業なんですよ」

年老いた母は、しばらくの間もじもじしていたが、声をひそめて言った。

「母さんに聞かせておくれ――おまえ、割礼をしたあそこまでは、変わっちゃいないんだろうね？」

❖割礼とは、男性器の包皮を切除すること。ユダヤ教では、父祖アブラハムと神との永遠の契約として定められ、男児が生まれて八日目に施される。ユダヤ人のしるしは消えることがないはず。

言い訳はいろいろ

安息日にユダヤ人は喫煙をしてはならない。

ところが三人の若い宗教家の学生たちは、イェシバー（ユダヤ教学院）の教室で隠れて安息日にたばこを吸っていた。しかし先生に見つかってしまった。

ラビは三人をみっちりと叱った。

生徒Ａ「すみません。今日が安息日だってことをすっかり忘れていました」

生徒Ｂ「すみません。安息日が禁煙だってことを忘れていました」

生徒Ｃ「すみません。カーテンをしめておくのを忘れました」

厳密なコーシェル

ポーランドのある小さな町のラビが病気になり、退屈で骨の折れる仕事も、寒さも、空腹もすべて嫌になってしまった。彼は強盗になることにした。

ある日台所からナイフを持ち出し、森へ向かった。木の陰に隠れ、通行人を待ち伏せた。

すると町の裕福な材木仲買人が何も警戒せずにゆっくりと歩いてきた。無言で男に飛びかかり、ナイフを振りかざし、今にも突き刺そうとした。と、突然彼は何かを思い出し、ナイフを地に落とした。

「あんたは幸運だ」と彼はつぶやいた。

「これは乳製品用のナイフだってことを、ちょうど思い出したよ」


❖コーシェル（ユダヤ教の食物規定）で、肉と乳製品は一緒に食べてはいけない。厳密にいうと、調理する場所や道具も区別する。それで、乳製品用のナイフで肉を切る、つまりここでは人を刺すことができないのである。

祈りの力

ナオミというユダヤの婦人が神に祈っていた。

「あぁ、親愛なる神様。私は今まで家庭を守る主婦として、コーシェル（食物規定）を守り、律法を行ない、清く正しく生きてきました。しかし、私の家族は貧困のために死にそうです。神様、どうか貧しい私たちのために、何か解決策を……」

しばらく考えて、その婦人は祈り言葉を続けた。

「そうだ、神様！　どうか、宝くじが当たりますよう。よろしくお願いします」

一週間経って、婦人は再び祈っていた。

「親愛なる神様。私が何か罪を犯したのでしょうか？　贖罪日には断食をしなかったでしょうか？　コーシェルを守らなかったでしょうか？　安息日に仕事をしたでしょうか？　なぜ私たちは、飢えて死ななければならないのでしょう？　私の願いは、たった一回、宝くじに当たることだけなのです！　神様、なぜ……」

さらに一週間が経ち、婦人は祈っていた。

「親愛なる神よ！　私はそんなに悪い人間ですか？　私は今日まで、生涯かけてあなたに仕えてきました。すべての律法を行なってきました。なぜ、私のたった一つの願いが聞き入れられないのですか？　神様！」

彼女がそこまで祈ったとき、天から神の声が響き渡った。

「ナ・オ・ミ・よ！　あなたの祈りは天に聞き入れられている。私はあなたの願いを叶える。ただ、まず、あなた自身の手で宝くじを買いなさい！」

安息日破り

ある村で、ヤンカレが安息日に賭けトランプをしていた。それを聞きつけたラビは、ヤンカレに言った。

「ヤンカレ、安息日に賭け事をすることは、重大な罪だということをお前さんは知っておるのか！」

「はい、知っております」

「ならば、なおさらお前さんの罪は重いぞ！」

「でもラビさん、どうか赦してください。私はそこで、すでに罰金をたくさん支払ったのですから」

うるさくて困る

高名なラビ・シュムエルの息子ダヴィッドは、ラビになるために懸命に学んでいた。ところが、父のもとに次から次に客人が来るので、ダヴィッドは集中できずに困っていた。彼は父に相談した。

「父上、わが家にやってくるたくさんの客人は、父上にいろいろと相談があって来られている大事なお客さんだということはわかります。でも、私の部屋に入ってきて話し込む人もいて困っています。私の部屋には来ないように、父上から言っていただけませんか」

「なんだ、そんなことで悩んでいたのか」

ラビは息子に提案した。

「じゃあ、今度からこうしなさい。もし金持ちの人が来たら、お金を貸してくれるよう頼みなさい。そうすれば、彼らは二度とあなたのところには来ないだろう。貧しい人が来たなら、彼らにお金を貸しなさい。利子を付けて。そうしたら、彼らも来なくなるから」

祈りを止《や》める

シモンは敬虔なユダヤ教徒だった。ユダヤの戒律をすべて守り、毎日欠かさずシナゴーグ（礼拝堂）に通って祈っていた。そして、ついに百十歳を迎えた。

すると、シモンはその誕生日を境に、まったくシナゴーグに来なくなった。

心配したシナゴーグのラビは、友人と一緒にシモンの家を訪ねた。シモンはちょうど食事中だった。見る限り、シモンはよく食べているし、顔色も良い。

「シモンさん、心配しましたよ。最近全然シナゴーグに来られないから」

「おお、ラビさん。これには、ちとわけがあってな」

そう言うと、シモンはラビを手招きして、耳元で囁いた。

「実はな、ワシはこんなに長生きするとは思わんかった。で、神様はきっとワシの存在を忘れているんじゃないかと感じるんじゃ。だから、シナゴーグに祈りに行くと、神様がワシに気付いてしまうんじゃないかと思うてね」

✡ タルムードの教え ✡

タルムードを教える

ある日、いなか者がラビのところにやってきた。

「せんせェ」その言い方はいかにもえらい学者の前に出た無学のやからというように、舌足らずだ。

「おら、長いことタルムードつうもののこと聞いてきただ。それでもタルムードったあ何のことかわかんねえ。タルムードを教えてくださらんか」

「タルムード？」ラビは子供に言うように、ほほえみかけた。

「タルムードなどわかりはしないよ。お前は無学な農民だからな」

「いんや、せんせェ、どうぞ教えてくだせえ」男は強くせがんだ。

「おらあ、これまでせんせにお願いなどしたことはねえだ。でも今度だけ、どうぞ教えてくだせえ。タルムードたあ何です？」

「よろしい」ラビは言った。

「よーく聞きなさい。二人の強盗が煙突から家に入ったとする。降りてみるとそこは居間なんだ。一人の顔はすすだらけ、もう一人はきれいな顔をしている。すると、どっちが顔を洗うかな？」

農夫はちょっと考えてから言った。

「そりゃあ、きたねえ顔の方にきまってらあな」

「そうれ」ラビはいった。

「だからお前さんにはタルムードはわからないって言ったろう。きれいな方は汚い顔を見ると、自分の顔も汚れてると思って洗うんだ。ところが汚い方はきれいな顔の仲間を見ると自分の顔もきれいだと思い込む。だから洗わないんだよ」

農夫はまた考えたが、顔をぱっと輝かせて言った。

「ありがとうごぜエました、せんせェ。おら、タルムードがよーくわかりましただ」

「ほらな」やれやれというようにラビは言った。

「わたしの言ったとおりだ。やっぱりお前さんにはわからないよ！　まったく、強盗が二人煙突から入ったのに、片方だけ顔が汚れるなんて、農民でもなければ誰も考えやしないんだよ」

ラビの推理方法

年とったラビがちょっとのあいだ部屋を空け、また勉強にもどったところ、めがねがなくなっていた。

あれ、本のあいだにはさまったかな？　いや、ない……。どこか机の上に置いたかな？　いや、ない……。この部屋の中にあるはずだが。ないぞ……。

そこでラビは、昔から伝わるいろいろな身振りのついたタルムード論の歌をお経のように歌いはじめた。

「わたしのめがねはどこにある……。誰かが持っていったとしよう。持っていったのは、めがねの要る人間か要らない人間かのどちらかだ。でも、めがねが要る者は自分のめがねを持ってるはずだ。

だが、めがねが要らない者は、持っていったりはしないだろうな。

よろしい。売って金にしようとして誰かが盗んだとする。そやつは、めがねの要る者か要らない者に売るわけだ。しかし、めがねの要る者はすでにめがねを持っているし、要らない者はめがねを買いはしないだろう……。

そこでだ……ここで問題になるのは、めがねが必要でめがねを持ってる者で、しかも自分のをなくしたので他人のを盗んだか、あるいはぼんやりして無意識のうちに鼻からめがねをずり上げて、おでこの上にのせたまま忘れてしまった者だ！

例えばですよ……。このわたしだ！」

ハタと膝をたたき、親指をすうっと額に走らせると、熟慮した分析の終了を宣言した。ラビは失った財産を取り戻したのである。

「おお、主よ、これもひとえに、いにしえからの推理の方法を学んでいたおかげであります」ラビはささやくように言った。

「さもなければ、決してめがねは見つからなかったでありましょう！」

常に二つの可能性が

戦争が迫っている。イェシバーの二人の生徒がその状況について議論していた。

「僕は招集されないことを願うよ」と一人が言った。

「僕は戦争には向かない。魂の勇気は持っている。それでも戦争はいやなんだ」

「しかしいったい恐れるべき何があるって言うんだい?」ともう一人が尋ねた。

「よし、分析してみよう。究極的には二つの可能性があるんだ。まず戦争が始まるか、始まらないか。

もし始まらなかったら、恐れる理由は何もない。もし始まったら、ふたつの可能性がある。君が招集されるか、されないか。

招集されなければ恐れる必要はない。そしてもし招集されたとしたら、二つの可能性がある。君が戦闘的な任務を帯びるかそうでないか。

戦闘的な任務でなければ、いったい何が心配だって言うんだい? そしてもし戦闘的な任務だった場合、可能性は二つだ。君が負傷するか、しないか。

さて、負傷しなかったとしたら、君は君の恐怖を忘れていい。しかしひょっとして負傷したとして、可能性は二つだ。非常に重傷か、それとも軽傷ですむか。

軽傷だったら君の恐れはナンセンスってわけだ。もし重傷なら、やはり二つの可能性がある。死んでしまうか、回復して生き延びるか。

君が死ななければ万々歳で心配の種は無い。しかしあえて君が死んだとして、可能性は二つ。君がユダヤ人墓地に葬られるか、そうでないか。

さてと。もし君がユダヤ人墓地に葬られるんなら、何か心配なことがあるかい？　たとえそうしてもらえなかったとしたって……。

しかし、いったいなぜ怖がるんだい？　戦争なんて全然起こらないかもしれないじゃないか！」

さまざまな観点

モシェとイツハクは、イェシバー（ユダヤ教学院）で学んでいた。イェシバーでは、だいたい二人でペアになり、議論を戦わせながら学ぶのが常である。モシェとイツハクはいつも二人で学び、あらゆることにつけて議論するのが好きだった。

ある年、学校が夏休みになったので二人でキャンプに出かけた。

たき火を焚《た》いてコーヒーを飲み、二人でいろいろなことを議論し、時には談笑しながら楽しい時を過ごしていた。

夜も更けてテントに入ると、二人はいつの間にか寝てしまった。

夜中に突然目が覚めたイツハクは、あわててモシェを起こした。

「おい、モシェ、起きてくれ。君には何が見える?」

深い眠りの中にあったモシェが、眠い目をこすって見ると、素晴らしい夜の光景が目の前に広がっていた。

「う~ん……、私には数百万の星々が見えるが……」

「この光景にどのような意味があるのか、君の意見を聞かせてくれないか?」

イツハクは重ねてモシェに尋ねた。

モシェは、しばらく考えた後、自分の考えを整理した上で、確信をもって答えた。

「占星術的観点から述べれば、すべての人間には星座があるということ。天文学的観点から述べれば、この宇宙のサイズは極めて大きいということ。統計学的観点から述べれば、この宇宙には他の生命体が存在する確率が極めて高いということだ!」

イツハクは、その答えを遮るように言った。

「いや、いや、違う! 実際的観点から考えると、誰かがわれわれのテントを盗んだということなんだよ!」

第6章　ユダヤ教とキリスト教の違い

——ラビと神父とどちらが賢い？

ユダヤ・ジョークには、キリスト教の神父や司祭がラビに揶揄《やゆ》されているものがある。もちろん、おおっぴらにユダヤ人がキリスト教徒に向けて語っていたわけではない。

歴史的な事情のあることだ。ユダヤ人の長く住んでいた環境は、キリスト教やイスラム教の宗教を信じる人々に囲まれていた。しかし、自分たちの先祖伝来の伝統を捨てず、ユダヤ教を守り通した。ユダヤ教徒は、いつでも少数派であった。

それゆえ、現実には、キリスト教から迫害や中傷されることが多かったが、ユダヤ人は精神的には負けていない。ジョークで（もちろん、相手には内緒で）戦った。ラビと神父の知恵比べで、いつでもラビのほうが悪賢い。

また、ユダヤ教徒として、キリスト教の教理には賛成できない。それを直接言えば、迫害されるに決まっている。ジョークにからめて、鋭い風刺の矢を放つ。

✡ラビと神父は仲がいい✡

ラビと神父

ラビの車と神父の車が衝突して、大変な事故を起こした。車は大破したが、さいわい二人とも助かった。二人が車から這い出たところ、ラビは相手が神父だと知って言った。

「神父さんですか。わたしはラビです。ご覧なさい。車はめちゃくちゃですが、わたしたちは怪我しませんでした。これは神様のおかげです。わたしたちは出会って、友だちになり、残る生涯平和に過ごすようにとの、神様のお計らいにちがいありません」

「わたしもまったく同意見です」と神父も答えた。

ラビは続けて言った。

「奇跡がおこりましたよ。車はすっかり壊れたのに、このブドウ酒のビンは壊れていない。きっと神様は、ブドウ酒を飲んで、われわれの幸運を祝うように、と願っておられるからでしょう」

そこで、ブドウ酒のビンを神父に渡すと、神父も同意して、たっぷりと飲んで、ラビにブドウ酒を返した。

ラビは急いでビンのふたを閉め、それをふたたび神父の手に渡した。

神父は「おや、ラビさん、お飲みにならないんですか？」と聞くと、ラビは答えた。

「いいえ、……わたしは警察官を待つことにします」

願い

カトリックの司祭、プロテスタントの牧師とユダヤ教のラビが、自分たちが亡くなって葬儀で棺に眠っている姿を会葬者が見たとき、何と言ってもらいたいか、話し合っていた。

牧師「わたしは、正しく、正直で、親切な牧師さんでした、と」

司祭「わたしは、親切で公平で、教区の人たちに本当にいい人でした、と」

ところで、ラビはこういう願いをもらした。

「私は、誰かにこう言ってもらいたいですね。

『おや！　見て、見て、動いているよ』って」

ローマ教皇の車

ローマ教皇がアメリカを訪問していた。教会から教会へと自動車で移動しているとき、教皇はその運転手に言った。

「私も教皇になってもう何十年も経つ。久しく運転していない。一度でいいからアメリカのフリーウェイを運転したいもんだが、運転を代わってくれないか？」

お付きの運転手は、教皇の提案ゆえ、まったく躊躇《ちゅうちょ》することなく、教皇の指示に従った。運転手は後部座席に移り、教皇がハンドルを握った。

教皇は久しぶりの運転で、とても興奮していた。時速一〇〇km、一二〇kmと快調に飛ばし始め、ついに時速一四〇kmに達したとき、パトカーのサイレンが聞こえてきた。

「前のキャデラック・リムジン、止まりなさい！」

教皇は車を止めた。

警官が車から降りてきて運転手に免許証の提示を求めた。

が、警官はその運転手を見てビックリ。なんと運転手はローマ教皇ではないか。
あわてた警官は、無線ですぐに署に連絡を取った。
警官「大変な要人を捕まえてしまいました！」
署長「誰だ？　市長か誰かか？」
警官「いえ、もっと偉い人です」
署長「それじゃあ、首相？」
警官「いいえ、もっとお偉い人です」
署長「なに！　では大統領か？」
警官「いえいえ、もっと位が上の方です」
署長「じゃあ、いったい誰なんだよ！」
警官「私もわかりません。ただ、ローマ教皇が彼の運転手なんです」

三人の客

あるところに敬虔な仏教徒の床屋がいた。
ある日、キリスト教の神父が彼の理髪店を訪れた。散髪が終わり神父は床屋に尋ねた。

「いくらお支払いすればよろしいかな？」

「いえいえ、お金は結構です。あなたは神父様ですから」

神父は金を払わずに理髪店を後にした。

翌朝、床屋は理髪店の入口に袋が置いてあるのを発見した。その中にはなんと！　金貨百枚が入っていた。床屋は驚いたが、神父からのお礼と思って、感謝して受け取った。

一週間後、イスラム教のイマーム（指導者）が彼の床屋に来た。散髪が終わりイマームは床屋に尋ねた。

「いくらお支払いすればよろしいかな？」

「いえいえ、お金は結構です。あなたはイマーム様ですから」

イマームも、同じく金を払わずに理髪店を後にした。

すると翌日、なんと！　またもや理髪店の入口に金貨が百枚入った袋が置かれていた。床屋はイマームに感謝して受け取った。

そしてさらに一週間後、今度はユダヤ教のラビが彼の床屋にやって来た。散髪が終わり、ラビは床屋に尋ねた。

「いくらお支払いすればよろしいかな？」

「いえいえ、お金は結構です。あなたはラビ様ですから」

ラビは礼を言って、床屋を後にした。

翌朝、床屋はいつも通り仕事のために理髪店に向かった。すると、なにやら店のあたりが騒々しい。近づいてみると、なんと！　店の入口に、百人のラビが並んでいた。

施しの取り分

キリスト教の神父と、イスラム教のイマームと、ユダヤ教のラビがいた。彼らは、受け取った施しの寄付金をどうするか、互いに相談していた。

神父「それでは地面に人の背丈ほどある円を描いて、お金を空中に投げましょう。そして、その円の中に落ちたものを私たちがいただき、円の外に落ちたものを神様のものとして捧げましょう」

イマーム「いえいえ、もっと小さな円にしましょう。そしてお金を空中に投げ、円の外に落ちたものを神様のものとし、円の中に落ちた分だけ私たちがいただくことにしようではありませんか」

ユダヤ教のラビはしばらく考えた後、手を打ちながら言った。

「私にもっと良い考えがあります。まずお金を空中に投げます。そして、お金が空中にある間に、神様に必要な分だけ取っていただきましょう。そして、落ちてきたものは神様がお使いにならない分ですから、私たちが使いましょう」

賢いのはどっち？

ロシアの片田舎でのこと。ユダヤ教のラビが列車に乗って旅をしていた。そこにキリスト教の神父が乗ってきて、偶然ラビの横に座った。

その頃、ユダヤ人とクリスチャンの仲はさほど悪くなかったため、二人は親しく会話を始めた。しかし、話し込んでいるうちに、神父は何とかこのラビを打ち負かしてやろうと考えた。

「ところでラビさん。私たちはお互い聖書を読む聖職者だ。それで、聖書クイズをしませんか」

「いえ、私は遠慮しておきますよ。神父先生にはかないそうにもありませんから」

ラビはすぐさま断った。

しばらくすると、神父はまた話を持ちかけてきた。

「ラビさん。まだ旅は長い。こうして単に座っているのも退屈だから、クイズの出し合いっこでもしませんか。どんなジャンルでも結構です」

「ええ、それならいいですよ」

「では、問題に答えられなければ出題者に千ドル支払う、というルールでどうです？」

神父は得意そうに提案した。

「神父先生。私は貧乏で千ドルも払えそうにありませんので、やめておきますよ」

またしてもラビは辞退した。

「じゃあ、あなたが問題を出して私が答えられなければ私は千ドル払いましょう。でも、私が問題を出してあなたが答えられなければ、あなたが支払うのは一ドルで結構です」

「一ドルですか。わかりました。では私から出題します。目が十個、羽が七つ、しっぽが四本。これ、なーんだ？」

神父は考えに考えたが、一向に答えが見つからない。時間はどんどん過ぎていく。一時間ほど考えあぐねたが、ついにギブアップしてしまった。

「で、答えは何だね？」

「まあ、そう急がずに。まずは千ドルをいただきましょう」

そう言うと、ラビは神父から千ドルを受け取った。

「で、答えは？」

「知りません」
そう言って、ラビは神父に一ドルを手渡した。

宴席にて

ユダヤ人のラビとカトリック司教が、王の晩餐に招かれた。ラビは、ユダヤ教が定めた食器を使い、ユダヤの食物規定にかなった料理が出てくるなら出席する旨を伝え、その願いが聞き入れられた。

大勢の晩餐の席で、二人は隣同士になった。司教はラビの使っている食器やそこに盛られている料理が特別なのを見て、出席している皆に聞こえるよう、大きな声でラビに話しかけた。

「親愛なるラビ様、本日は王の宴席にご一緒できて光栄です。しかし同じ〝釜の飯〟から、しかも同じ器で食事することができるのはいつの日でしょう」

ラビもまた、大きな声で司教に答えて言った。

「神が欲し給いますならば、親愛なる司教様の婚礼の席で、ご一緒できることでしょう」

❖司教は生涯独身で通す。

割礼

カトリックの司祭が、あるユダヤ人のところにやってきて言った。

司「ユダヤ人の男性は、なぜ皆割礼をするんですかね」

ユ「それは、神がアブラハムに命じられたからですなぁ」

司「ほほう、そんな昔のことを今も頑なに守っていらっしゃるというわけですか」

ユ「まあ、そんなところで」

司「それならいっそのこと、神がユダヤ男子を胎内で割礼されるようにできなかったんですかね。あなたたちの神でも、そこまではご無理のようで……」

ユ「そうですなぁ。でもそうなると、あんたたちも困るんじゃないのかな？」

司「どうしてです？」

ユ「そうなると、カトリックの司祭は、胎内で去勢されることになるでしょうから」

✡キリスト教への皮肉✡

どちらの神様？

貧乏なユダヤ人がシナゴーグで祈りを捧げていた。

「神様、私はこれから宝くじを買います。当たったら半分を貧しい人たちに施しますので、どうぞ一等を当ててください」

ところがくじは当たらなかった。

そこで彼はキリスト教会へ行き、ロウソクを一本寄付してまた同じ祈りをした。すると不思議、見事にくじは大当たり。

喜んだそのユダヤ人は一人ごとを言った。

「やっぱりユダヤの神様のほうがすごい。オレが決して約束を守らないことを見ぬいていらっしゃる」

違反切符

エルサレムのある交通巡査が、一日の業務を終えて帰宅しようとしていた。

「待てよ、今日は違反切符を一枚も切っていないな。もうひと回りするとしよう」

まもなくその警官は、大型バイクで二人乗りしている神父を発見した。

「よし、彼らを追いかけよう。何か違反をするに違いない」

警官はパトカーに乗り、彼らの後方をついて行った。十五分経過。二人の神父は何も違反をしない。さらに十五分経過。さらに十五分……。とうとう一時間経ったが、神父はいたって順調にバイクを走らせていた。

しびれを切らした警官は、職務質問をしようと二人乗りのバイクを止めた。

「はい、免許証を見せて」

運転していた神父は、黙って応じた。免許証を見たが、何も悪いところはない。我慢できなくなり、警官は質問した。

「私はあなたを一時間も追ってきた。でも、一ったりとも違反をしないというのは、どういうことなんだい？」

神父二人は顔を見合わせて言った。

「それは、バイクに乗っている間も、神が私たちと共にいてくださったからです」

「よしっ、わかった！」

警官はそう言うと、黙って違反切符を切った。切符を受け取った神父は、困惑しつつその内容を見た。

そこにはこう書かれていた。

「定員オーバー」

祝福の言葉

意地悪なロシア人が、自分の町に住むユダヤ教のラビを困らせようとして尋ねた。

「ラビさんよ。たくさんのユダヤ人が、よくあんたのところに来て祝福を請うそうだね。ラビってのは、ユダヤ人に限らず、どんな人種にでも祝福を与えられるもんなのかい？」

「もちろん、すべての人に祝福をいたします」

「そうかい……」そのロシア人は続けた。

「じゃあ、われわれキリスト教徒のメシアにも祝福できるのかい？」

「喜んで」、ラビは即答した。

「ただ、私どもの祝福を唱えるためには、その方の実の父親の名前が必要なんですが」

❖イエス・キリストの誕生物語を皮肉っている、きわどいブラックユーモア。

花婿のキス

ロシアの皇帝ニコライ一世はユダヤ人嫌いで有名だった。彼はユダヤ人をキリスト教徒に改宗させようと企んでいた。

あるユダヤ人女性が皇帝への拝謁《はいえつ》を許された。無実の罪で刑務所に入れられている彼女の父に、特赦を請うためであった。

彼女の要望を聞き終えると、皇帝は机に置かれていた純金のイエス像を指さして言った。

「では、この花婿にキスをすれば釈放しよう」

彼女は困った様子で答えた。

「ユダヤの習慣では、花婿のほうから先に花嫁にキスをしますので、まず花婿から私にお願いします」

❖相手は純金の像である。この女性のとんちに感心！

改宗の手続き

あるカトリックの司教がユダヤ人に尋ねた。

「あなたは五百ディナル欲しいと思いませんか？」

「ええ、とっても」

ユダヤ人は答えた。

「では、もしあなたが三つのことを受け入れて信じたなら五百ディナルあげましょう」

「それは、どんなことです？」

ユダヤ人は興味津々だった。

「その内容とは……」

司教は丁寧に説明を始めた。

「まず第一に、イエスは女マリアから産まれましたが、その母は聖霊によって身ごもったということです。

そして第二に、イエスはある時五千人を前にして五つのパンと二匹の魚を与えられ、すべての者がお腹いっぱい食べたということ。

第三に、イエスは十字架に付けられ葬られましたが、三日目に復活したということです」

ユダヤ人はしばらく考えて答えた。

「あなたは非常に難しいことを求められます。私は一人でそれを受け入れられるか自信がありません。どうか、もう一人パートナーを連れてこさせてください。二人でなら、何とかなるかもしれません」

司教は喜んでその提案を受け入れた。うまくいけば、一度に二人も改宗することになるからだ。

翌日、そのユダヤ人は隣のクリスチャンを連れて、司教の元に戻ってきた。そして言った。

「それでは、約束の五百ディナルを頂きましょう」

「あなたは本当に信じて受け入れるんですね」

「ええ、私と彼でそれぞれのパートを担当します。第一にイエスが母マリアから産まれてきたパートを私が、そして彼は聖霊によって身ごもったことを、次にイエスが五千人に五つのパンと二匹の魚を与えたパートを私が、彼はすべての者が食べて

満足したことを、最後にイエスが十字架に付けられて葬られたパートを私が、そして彼が復活した箇所を信じますので」

❖新約聖書の福音書に記されているイエスの生涯と事績を踏まえているので、それも参照したらわかりやすい。

✡ユダヤ教徒です✡

無駄な質問

裁判官「生まれは？」
証人「ピンスク」
裁判官「名前は？」
証人「アブラハム・コーヘン」
裁判官「職業は？」

証人「古着屋」
裁判官「宗教は？」
証人「だんな、ピンスク生まれで、アブラハム・コーヘンという名前の古着屋が、キリスト教徒だとでも言うんですかい？」

❖ピンスクは、ロシア帝国の（現在は、ベラルーシの）都市。ユダヤ人が多く住んでいた。また、コーヘンも典型的なユダヤ人の姓。

正気？

それは激しい風雨の猛る嵐の夜だった。老人のヤコブは病床にあって、もう命の終わりが近いことを知った。

そこで妻に頼んだ。

「急いで神父様を呼んでくれないか。すぐに来てもらってくれ」

妻は夫に言った。

「神父ですって？　あなた、気でも違ったの。ラビさんでしょ？」

「いや、神父様だ。こんなひどい夜に、ラビさんをお呼びできるものか」

年寄り同士

あるユダヤ人とキリスト教徒との会話。
キ「ユダヤ教には、どれくらいの歴史があるんですか？」
ユ「アブラハムから数えたら、かれこれ四千年ですかねぇ」
キ「四千年ですか！　その間ずっと同じ神様を信じ、同じ戒律を守り、同じ祭りを祝っているんですか？」
ユ「まあ、そんなところですなぁ」
キ「そんなに長いと、あなたたちの神様は年老いて、くたびれてるんじゃないですか。どうです、このへんでその息子を信じてみるのは？　息子のほうが若くて良いですよ」
ユ「いやぁ、その息子もそんなに若くはない。孫を待つことにしましょう」

❖「息子」とは、イエス・キリストのこと。

十字を切る

ユダヤ教のラビが道を歩いていると、車にはねられた。ラビは地面に倒されたが、奇跡的に無傷で助かった。しばらくすると自力で立ち上がり、右手で十字を切るような動作をした。

偶然そばを通りかかった神父はその様子を見て、急いで駆け寄ってきた。

「ラビさん、今あなたは十字を切りましたね。あなたが改宗したとは知りませんでした。そのおかげで奇跡的に助かったんですよ。良かったですね！」

ラビはキョトンとしていた。

「いや、ワシは別に……。頭に乗せていた眼鏡と、ズボンの前ポケットの小銭、コートの左ポケットの懐中時計、右ポケットの財布が無事かを確認しただけじゃが」

ユダヤ人墓地

ユダヤ教からキリスト教に改宗したジョシュは老齢になり、息子宛てに遺書を書いた。

やがてジョシュは死んだ。遺書を開くとその中に「ユダヤ人の墓地に埋葬してほしい」

と記されていた。息子は遺書のとおり、その町のユダヤ人墓地の管理人に交渉に行った。

通常、ユダヤ人墓地にユダヤ教徒以外が埋葬されることはない。しかし、その管理人はジョシュの墓を建てることをあっさり許可してくれた。

数日後、許可書と一緒に請求書が届いた。そこに書かれている金額が、非常に高額であったので、息子は再び交渉しに管理人のところへ行った。

「なぜこんな高額な請求をするんです？　ここに書いてある額は、この墓地すべてを買えるくらいの金額じゃないですか」

「ええ、おっしゃるとおりで」

管理人は、落ち着いた様子で説明を続けた。

「やがて救世主が来たら、ユダヤ人はすべて復活します。その時この墓地には誰もいなくなりますから、すべてお父さんのものになりますので」

第7章　迫害にめげず
——苦難な運命に勝つ方法

ユダヤ人は、反ユダヤ主義による迫害に遭ってきた。とりわけ、近代においてユダヤ迫害は、専《もっぱ》らロシアやヨーロッパで起こった。最もひどいのは、言うまでもなく、ナチス・ドイツによるホロコーストであった。逆境にあるときほど、それを乗り越えるジョークが生まれている。ユーモアセンスを研ぎ澄ませて、ユダヤ人は苦難を笑った。

次のジョークに、その逞《たくま》しい不屈の精神を発見できるのは、驚きである。

✡ 負けず言い返せ ✡

同じ理屈

ナチスの一味がベルリンの街角で、年輩のユダヤ人を取り囲んで問いつめていた。

「おい、ユダヤ人、誰のせいで、この戦争が起きたのか、言ってみろ！」

そのユダヤ人は体こそ小柄だったが、なかなかのしたたか者だった。

まず「ユダヤ人」と言ってから、つけ加えた。「それから自転車乗り」

ナチスの一味は目をまるくした。「なぜ、自転車乗りなんだ？」

「それなら聞きますが、なぜユダヤ人なんです？」小柄な老人は負けずに言い返した。

互いに自己紹介

一人のユダヤ人がベルリンのビスマルク広場を歩いていて、ドイツの警官の肩に触れてしまった。

「くそぶた！」警官は怒鳴った。

「私はコーヘン！」とユダヤ人は応え、お辞儀をした。

ロシアの小さな町

あるロシア人が、シベリヤ鉄道で旅をしていた。

途中の駅で乗ってきた乗客の中にユダヤ人がおり、そのロシア人の前に座った。彼は極端にユダヤ人を嫌っていた。

彼は乗ってきた乗客がユダヤ人だとわかると、意地悪そうに話しかけた。

「あんた、ユダヤ人だろ?」

「ええ、確かに」

ユダヤ人は静かに答えた。

ロシア人はニヤリと笑うと、話を続けた。

「ワシの住んでいる小さな町は、とても良い町でね。それは、ユダヤ人が一人もいないからなんだよ」

彼はそのユダヤ人をいかにも見下すように、眉を上げてそう言った。

ユダヤ人は彼の侮辱を気にすることなく、あっさり答えた。

「なるほど。だからいまだに、その町は小さいんでしょうな」

モンテフィオール卿と反ユダヤ主義者

あるとき、ロンドンの偉大なるユダヤ系の貴族、モンテフィオール卿がオーストリア皇帝を訪問した。

晩餐会の折、皇帝の大臣の一人が南アフリカ旅行の体験談を借りて、「かの国で私は一頭の豚も一人のユダヤ人も見ませんでした」と悪意を込めてユダヤ人の擁護者に語った。

モンテフィオール卿はにっこりと答えた。

「それでは、閣下と私がその国に行くのがよろしいですな」

✡ 機知ととんちで生きぬけ ✡

医者の忠告

ロシア皇帝ニコライ二世の時代のこと。二人のユダヤ人がモスクワの大通りを歩いていた。

一人は居住許可証を持っていたが、もう一人は持っていなかった。そのとき突然、道の向こうに警官が姿を現した。

「はやく逃げろ！」

許可証を持っていない男が小声で言った。

「おまえが逃げれば、警官は許可証を持っていないのはおまえだと思って、おまえを追いかける。その間に、おれは逃げる。おまえが捕まっても、許可証を見せれば無罪放免なんだからだいじょうぶさ」

そこで、許可証を持っている男は走り出した。それを見るなり、警官は全速力で後を追った。警官は間もなく追いついた。

「これ！」警官は満足そうに言った。

「おまえは許可証を持っていないんだろう！」

「許可証がない？　どうしてそんなことがわかるんです？」

と言いながら、ユダヤ人はゆっくりと許可証を出して見せた。

警官は、一瞬うろたえた。

「それなら、ワシを見て、なぜ逃げたりした？」

「さっき病院に行ったんです。そこで下剤をもらったんですが、これを飲んだあと必ず走るように、医者から言われてるんですよ」

「ワシが追いかけてるのが、わからなかったのか？」

「もちろん、わかってましたとも。でもてっきり、あなたも医者から下剤をもらったんだな、と思ったもんですから！」

ユダヤ人の嫌いなカリフ

かつて、ユダヤ人が大嫌いなアラビアのカリフ（イスラム教国の首長）がいた。彼は次のような命令を王国全土に布告した。

「わが王国に入ろうとするユダヤ人はすべて、入国前に自分自身のことについて申告しなければならない。もしその内容に偽りがあったなら、銃殺刑に処す。その内容が真実なら、絞首刑に処す」

策略家のカリフは、これでユダヤ人を一掃できると思い、自分の考えついた名案に満足した。

ある日ひとりのユダヤ人がやって来た。警備員は彼に問いただすと、そのユダヤ人は答えた。「私は今日、銃殺されるでしょう」

警備員は、この答えをどう考えたらよいか頭が混乱してしまい、とうとう王宮のカリフのもとに彼を連れてきた。

「ウーム」

カリフはじっと考え込んでしまった。

「これは難しい問題だ。もしこのユダヤ人を銃殺刑に処したとしよう。するとこの男は真実を言ったことになる。そうすると私の命令によれば絞首刑にされるべきなのだ。だからこの男を銃殺することはできない。

一方この男を絞首刑に処すれば、こやつは嘘をついていたことになる。するとわが命令によれば銃殺されねばならない。ならば絞首刑にもできない……」

そこでやむなく、そのユダヤ人は解放された。

とっさの機転

あるユダヤ人がドニエプル川に落ち、おぼれかけていた。彼は必死に助けを呼んだ。

「だれか助けてくれ〜!」

そこへ、帝政ロシアの警察官が二人駆けつけてきた。しかしおぼれているのがユダヤ人だとわかると、二人は顔を見合わせて、「ユダヤ人はおぼれたままにしておこう」と言った。

警察官が助けてくれそうにないことを知ったユダヤ人は、残る力を振りしぼつて叫んだ。

「ロシア皇帝なんぞクソくらえ！」

それをきいた警官たちは顔色を変え、そのユダヤ人を川から引っぱり上げ、逮捕した。こうしてそのユダヤ人は、命だけは助かった。

忘れてください

これはまだ革命前のロシアでの話。ある田舎の強力な警察署長がお気に入りの指輪をなくしてしまった。それで、見つけた者には何でも望みの報酬を与えると約束した。

やがて、一人のユダヤ人が指輪を見つけたので、警察署長は鷹揚《おうよう》に言った。

「よろしい、ユダヤ人よ、何が願いか、言ってみよ」

ユダヤ人は答えた。

「私がぜひお願いしたいのは、私がいることをお忘れくださることです」

なぜ髪の毛が先に白くなる？

ロシアの皇帝（ツァー）が領内を視察しているとき、あるユダヤ人の農夫に出会った。彼は白髪頭で、髭《ひげ》は黒かった。

ツァーはふと疑問をもらした。

「どうして髪は白いのに髭は黒いんじゃろう」

それを聞いた農夫は言った。

「私の髭はバル・ミツバを迎えるまでは生えませんでした。髪の毛はもっと前から生えていましたんで、髪の毛のほうが早く白くなるのも当然でしょう」

ツァーはその答えに感心した。

「頭の良い奴じゃ。そうだ、このことは誰にも言ってはならんぞ。ワシと百回会うまでは、他人に絶対漏らしてはならん。よいな」

ツァーは王宮に戻ると、大臣や賢者たちを集め、得意そうに問題を出した。

「髪の毛はどうして髭より早く白くなるか。これに答えられる者には褒美《ほうび》をとらそう」

誰一人として答えられなかったので、ツァーは「一カ月以内に答えてみよ」と命じた。期限が近くなったとき、ある大臣が、この質問はユダヤ人農夫との会話からヒントを得たことを突き止めた。早速その農夫を呼び出して問い詰めたが答えない。

やっとルーブル銀貨百枚と引き換えに答えを教わり、急いでツァーに告げた。ツァーはあのユダヤ人が答えをばらしたことを見破り、彼を引っ立てて叱責した。

「ワシは、誰にも言ってはならんと言ったではないか！」

「そのとおりです。けれど、陛下に百回会った後なら話してもよいとおっしゃいました」

「よくも白々しいうそがつけるな！　お前に会ったのはたった一度だけじゃ」

「いいえ、うそは申しません」

ユダヤ人はバックから百枚のルーブル銀貨を取り出した。

「ご覧ください。銀貨百枚には全部陛下の肖像が描かれています。私は陛下に百回お会いしたので大臣に答えを言ったんです」

選択

その小柄な道化は悲しみにくれていた。彼にとってこの世は終わったも同然だった。長い間彼はバグダッドのカリフとその宮廷に仕え、いつでも人々が望めば彼らを楽しませていた。

しかし彼はある時うっかりして主人を怒らせてしまい、処刑されることになったのだ。

「しかしながら」カリフは言った。「これまで何年もの間、随分面白い話をして楽しませてくれたことを考慮して、お前に自分の死に方を選ばせてやろうじゃないか」

「おお、慈悲深いカリフ様。それでは仰せのとおり、私は老衰で死ぬことにいたします」

犬に言葉を

あるポーランドの地主の下で、ヨセフというユダヤ人が土地の管理をしていた。その地主はユダヤ人が嫌いだった。

ある時、地主が彼に言った。

「ここに私の飼っている犬がいる。この犬に言葉を話すよう訓練するんだ。もしできなければ、お前を処刑する」

ヨセフは無茶な命令に驚いたが、承諾するしかなかった。

「でも一つ条件があります。犬ですから、言葉を覚えさせるには時間がかかります。どうか、三年間待ってください。三年教えてもダメなら、ご主人様の言うとおりにしましょう」

「わかった。三年だな」

三年経って、ヨセフは呼び出された。

「さあ、どうだ。犬は話すようになったか？」

「ええ、とてもよく話します」

ヨセフは得意気に答えた。

「ただ、いろいろな噂を流しているようで、困っているんです。ご主人様が一昨年、お住まいの宮殿で雇われていた女中をたぶらかした話とか、去年は乳母として雇われていた女性を部屋に連れ込んだ話や……」

「やめろ、もういい！　お前は家に帰れ！　そしてこの生意気な犬を処刑するんだ！」

尋問官とラビ

スペイン南部の街セビリアで事件が起こった。カトリック教徒の少年が殺されたのが見つかったが、それは少年の血を過ぎ越しの祭りの儀式に使うためのユダヤ人の仕業だというデマが広がった。そこでユダヤ人コミュニティーの長であるラビが、尋問官の前に引っぱり出された。

尋問官はそのラビを嫌っていた。彼は次々と矢継ぎ早に意地悪な質問をして、ラビを困らせようとした。ところが、どんなにユダヤ人に罪をかぶせようとしても、ラビはことごとく無罪を証明していった。

そこで尋問官は議論をやめ、天を見上げて神に向かって言った。

「おお神よ、こうなれば、すべてをあなたのお裁きにお任せします。ここでくじを引きましょう。箱の中に二枚の紙を入れ、一枚には『有罪』と書き、もう一枚には何も書きません。もしこのラビが『有罪』の紙を引いたならば、ユダヤ人が有罪であるというしるしです。もし白紙を引いたならば、ユダヤ人の無罪が証明されることになります」

この尋問官はずるい男で、なんとかしてユダヤ人に罪を着せようとしていた。そこでこっそりと、両方の紙に「有罪」と書いておいた。

賢いラビは、箱の中から素早く一枚の紙を取り出すと、あっという間に飲み込んでしまった。

「何をするんだ！　このユダヤ人め」と尋問官は怒鳴った。

「どちらの紙を引いたかわからないじゃないか！」

「いいえ、簡単なことです」とラビは答えた。

「箱の中に残っている紙を見ればいいんです」

彼は箱の中から「有罪」と書かれた紙を取り出してみんなに見せた。

「これをご覧なさい。つまり私が飲み込んだ紙には何も書いていなかったんです。さあ、これでユダヤ人は無罪ですね！」

こうして彼は解放された。

✡ ナチスを笑え ✡

予備行為は禁止

列車の向かいの席にドイツの将校とユダヤ人が座っていた。

将校はうさんくさそうに向かいのユダヤ人をじろじろ見ていたが、ユダヤ人は知らんぷりをしていた。

ユダヤ人はポケットからたばこを取り出して口にくわえ、マッチ箱を開けた。すると突然将校は立ち上がり、たばことマッチ箱をもぎ取って、窓から投げ捨ててしまった。

「何をするんですか」とユダヤ人が怒って言うと、将校は答えた。

「ここは禁煙だ。たばこを吸ってはいかん!」

「まだ火もつけてないじゃないですか」

「いや、予備行為でもダメだ」

ユダヤ人はそれ以上何も言わなかった。やがて将校はカバンから新聞をとり出し、広げて読みはじめた。するとユダヤ人は突然その新聞をつかみ取り、列車の窓の外へ投げ捨ててしまった。

ドイツ人将校は烈火のごとく怒った。

「何をするんだ！　このユダヤ人めが」

ユダヤ人は負けじと言い返した。

「ここでは排泄行為は禁止です。トイレに行ってください」

「なに？　なにもしとらんじゃないか。新聞を広げただけだ」

「予備行為でもダメです！」

モーセの杖

ナチス・ドイツがフランスに侵攻した時のお話。ヒットラーは、参謀部の幹部とフランスの港町カレーの海岸に立って、ドーバー海峡越しにイギリスを眺めていた。

「あちら側に渡るには、どうしたら良いと思うか？」

ヒットラーの質問に、幹部たちはしばし沈黙した。

不意に一人が答えた。

「イスラエル民族が、モーセに導かれて紅海を割って渡ったように渡ればいいのではないでしょうか」

「なるほど。それはいい！」

ヒットラーは叫んだ。

「では、すぐにモーセをここに連れてこい！」

そこで幹部たちはモーセという名のユダヤ人を見つけ、直ちにヒットラーの前に連れてきた。

「お前がモーセか？」

「はい。そのとおりです」

「お前はこの海を割ることができるのか？」

「もちろんですとも」

彼は自信たっぷりに答えた。

「私が〝モーセの杖〟を一振りすれば、これしきの海峡はすぐ渡れるようになります」

「で、お前はそのモーセの杖とやらを持っているのか？」

「いえ。今は大英博物館に展示されているもんで」

強盗

ある夜、一人のユダヤ人が道を歩いていた。

「動くな！　撃つぞ！」

男はユダヤ人の背中に銃を突きつけて叫んだ。ユダヤ人は両手を挙げて、立ち止まった。全身がガタガタと震え始めた。

「さあ、有り金を全部出せ！」

ユダヤ人はほっと安心した様子でサッと財布を出すと、その男に渡して言った。

「驚かさないでくださいよ。ゲシュタポかと思った……」


❖ゲシュタポとはナチスの秘密警察のこと。強盗より恐ろしい。

食べ物

ヒットラーがある会合で演説していた。一人のユダヤ人が、演説中ずっと眉間にしわを寄せて考えこんでいた。

ヒットラーはそのユダヤ人に気づき、彼に向かって叫んだ。

「貴様はユダヤ人か！」

「はい」

「何だその面《つら》は、ん？　わが輩の言っていることが理解できないようだな」

「いえ、よく理解しております。だから、ちょっと考えることがありまして」

「何を考えていたんだ」

「はい。私たちユダヤ人は、歴史上の人物を記念して何かを食べる習慣があります。例えばエジプトのパロを記念して種入れぬパンを食べますし、ペルシアのハマンを記念してハマンの耳という菓子を食べます。


で、今度はドイツの貴方様を記念して、何を食べるのかなと……」

❖パロはイスラエル民族を奴隷にしたエジプトの王。ハマンはユダヤ人を皆殺しにしようとしたペルシアの重臣。二人とも滅びた。

✡ 現代のユダヤ人 ✡

象について

ハーバード大学の動物学の教授は、クラスの生徒たちに、象についての論文を提出するように言った。そこには各国からの留学生もいた。

ドイツの学生が提出したのは「象についての研究目録入門」であった。

フランスの学生は「象の愛の生活について」

イギリスの学生は「象狩りの方法」

アメリカの学生は「いかに大きく、よりよい象に育てるか」

クラスにはユダヤ人の学生もいた。彼が提出したのは、「象とユダヤ人問題」であった。

❖それぞれの国民性をからかっているが、ユダヤ人は常に反ユダヤ主義のことが念頭から離れない。

心理学の応用

アメリカ南部の小さい町に、人種差別団体ＫＫＫがのさばっていた。向こう見ずなユダヤ人が、その町のメインストリートに仕立て屋を開いた。するとすぐに嫌がらせが始まった。不良少年たちに、毎日店の前で「ユダヤ人！　ユダヤ人！」とはやし立てられるので、商売は上がったりだった。

ストレスで夜も眠れなくなった彼は、一計を案じた。

翌日、また不良少年たちが、「ユダヤ人！　ユダヤ人！」とののしり始めた。そこで仕立て屋は、ドアのところでこう言った。

「今日から私のことを『ユダヤ人』と大声で呼んだら、誰でも十セントあげよう」

そして彼はみんなに十セントずつ渡したので、少年たちは大喜びで帰っていった。

翌日はもっとたくさんの悪ガキどもが集まり、朝から大声で「ユダヤ人！　ユダヤ人！」とわめき立てた。

しばらくして仕立て屋が微笑みながら出てきた。そして一人ひとりに五セント硬貨を渡した。少年たちが不服そうな顔をすると、彼は言った。

「十セントはちょっと多すぎてやっていけない。今日は五セントにしといてくれ」

不良少年たちもまあ納得して帰っていった。

翌朝、また少年たちが店の前に集まり、同じように叫んだが、今度は一セントずつしか配られなかった。

彼らはブーブー言った。

「どうして一セントしかくれないのさ！」

「今日はこれだけしかやれないんだ」

「おとといは十セント、昨日は五セントだったのに、同じことをして一セントなんて割に合わないや」

「文句を言うな！　これ以上額は上げられないんだ。さあ、一セント持って帰るんだな！」

「へーんだ！　たった一セントのためにわざわざここまで来て大声でわめくなんて、もうまっぴらだ！」

こう言って不良少年たちは二度とやって来なかった。

未来のための学習

ＫＧＢ（ソ連の秘密情報部）の男がモスクワの公園で、一人のユダヤ人がヘブライ語の文法書を読んでいるのを見かけた。

「おやおや、何でそんな本を読んでいるのだい。お前さんを絶対にイスラエルに行かせないのを知らないのか」

「ええ、もちろん知っています。天国ではヘブライ語をしゃべると思って、学んでいるんですよ」

「よく言うなあ。地獄へ行ったらどうするんだ？」

ユダヤ人は、ため息をつきつつ、こう言った。

「大丈夫です。ロシア語なら十分知ってますから」

✡ 悲劇の中の喜び ✡

神の憐れみ？

ウクライナの小さな村に大きな苦難がおそった。

過ぎ越しの祭りの少し前に、若い娘が殺されているのが発見された。ユダヤ人を憎む者たちは、この不幸な事件を利用して、ユダヤ人がマッツァー（過ぎ越しの種なしパン）を作るために娘を殺してキリスト教徒の血を採ったという中傷を流した。村人の怒りが燃え上がった。

ポグロム（ユダヤ人迫害の暴動）が起きるという噂が、あっという間に広まった。

信仰深いユダヤ人たちは、シナゴーグ（ユダヤ教会堂）に飛び込んで、上着を裂いて、聖なる巻物の前にひざまずき、そして、必死に神に助けを求めて祈った。

そこへ、息せき切って、一人のユダヤ人が駆けつけてきた。

「兄弟よ、兄弟よ、素晴らしいニュースを持ってきました！　神様のおかげです。殺された娘は、ユダヤ人だったということがわかったのですよ」


❖典型的なキリスト教徒の中傷、「ユダヤ人の儀式殺人」にちなんだ不幸な運命をすら、ジョークにして克服しようとする。悲哀あふれるユダヤ人の歴史だが、忘れないで記憶し続けている。

第8章　イスラエルの国が出来たけれど
――現代イスラエル社会のジョーク

イスラエルでも、新しいジョークが次々出てくる。逆境がユダヤ・ジョークを生み出すという法則からいうと、イスラエルという国が出来たけれども、様々な問題がイスラエルの人々の面前に待っているようだ。例によって、ユダヤ人の自分を笑いものにする批判精神がよく見える。

また、ジョークは、裸のイスラエル人を見せてくれているが、少し現代の事情がないとわかりにくい。数多いイスラエル・ジョークから、少し解説をつけてその一部を紹介しよう。

✡ イスラエル人気質 ✡

ベングリオンのネクタイ

あるときのこと、ダビッド・ベングリオン首相がエルサレムでの国の公式晩餐会に、例の典型的なイスラエル式のファッションで出席した。

つまり、オープンシャツにネクタイ無しで、ジャケットを着ていたのだ。

ハイム・ワイツマン大統領はショックを受け、ベングリオンの側に行って、厳重に注意することにした。

「ダビッド、国の公式晩餐会にそんな格好でよくも出てこられるね？　ここにおられる外国からの来賓の方々のことを考えたまえ」

ベングリオンは言った。「しかし、ウインストン・チャーチルが私に許可を与えてくれたんですよ」

「ウインストン・チャーチルが許可を与えたんですと。それ

はどう意味かね？　第一、彼はここにいないではないか」

ベングリオンはにっこり笑って言った。

「実は、私がロンドンを訪問したとき、チャーチルがこう言いました。『ベングリオン首相、イスラエルではその格好でいいですよ。ただし、ロンドンでは困ります』とね」

❖イギリス風の紳士であるワイツマン大統領と、イスラエル育ちのベングリオン首相の対比を笑っている。イスラエルのざっくばらんな身だしなみは有名。

コットン畑

イスラエルのネゲブ砂漠で、コットンを栽培している農夫がいた。

ある日、テキサスで同じくコットンを栽培しているアメリカ人が、イスラエルのコットン畑を見学に来た。

砂漠の中で栽培するのがいかに大変か、イスラエル人はアメリカ人農夫にその様子を事細かに説明して回った。

お昼になり、一緒に昼食をとることになった。食事中、そのアメリカ人が所有するコットン畑の話題になった。

「私のコットン畑かね。私の畑を端から端まで移動するには……」

そのアメリカ人は、いかにも自慢げに話し始めた。

「トラクターで、三時間はかかるんだよ」

「なるほど」

そのイスラエル人は、納得したように答えた。

「私も、以前はそういうポンコツに乗ってましたがね、今はおかげさまで、もう少しましなトラクターに乗ってます」

速度制限に忠実

イスラエルでは交通事故が多い。交通事故の原因として、最も多いのが、スピード超過だ。イスラエル警察は、日頃からスピード超過を厳しく取り締まっている。

ある警官がパトロール中、ノロノロ運転で交通渋滞を起こしている車を発見。速度計を見ると、時速はたったの二〇㎞。珍しいと思いながらも、その車を注意するために停車させた。

「前の車、止まりなさい！」

見てみると、車に乗っているのは四人の老婆だった。その内の一人が運転していたが、あとの三人はなぜか恐怖のために顔が青ざめていた。

「ここは制限速度一〇〇km道路。時速二〇キロでは、他の車に迷惑をかけますよ」

「いえいえ、おまわりさん。さっき制限速度二〇kmの標識があったから、私は二〇kmで走っていたんですよ」

「おばあさん。さっき見たのは制限速度の標識じゃなくて『国道二〇号線』の標識だったんですよ」

「あら、そうだったの。じゃあ、さっきの道路で見た標識も、一九〇号線のことだったのね」

質問

イスラエルは、今でも世界各地からのユダヤ人帰還者を受け入れている。北アメリカ、南アメリカ、ヨーロッパ、アフリカ、と多彩な顔ぶれだ。

あるレストランでのこと。アメリカからの帰還者、エチオピアからの帰還者、そしてイスラエル生まれのイスラエル人が席に着き、ステーキを注文した。

するとウエイターが出てきて、こう説明した。

「現在、ＢＳＥ（狂牛病）の関係で、牛肉が大幅に不足しており、ステーキはメニューから外しております。申し訳ございません」

エチオピアから数日前に帰還してきたばかりのエチオピア系帰還者は、情報源に乏しく、世界のニュースを知る術がなかった。そこで、こう質問した。

「ＢＳＥって、何ですか？」

アメリカで育ったユダヤ人は、豊かなアメリカで何不自由なく暮らしてきた。そこで、こう質問した。

「不足って、何ですか？」

イスラエルで生まれ育ったユダヤ人は〝ツァブレ〟と呼ばれ、自由奔放に育ち、とかく礼儀作法に疎《うと》かった。そこで、こう質問した。

「申し訳ございませんって、何ですか？」


❖ツァブレとは「サボテンの実」の意。イスラエル生まれは、外側は無作法でつっけんどんな態度を示すが、内側は甘い（人間性が良い）という。

話の結論

イスラエルの初代首相はダビッド・ベングリオンだ。彼は二期にわたって約十四年間、首相を務めた。イスラエルの建国自体、難しい選択の末の決断だったが、ベングリオンは建国後も数々の難局に立ち向かっていった。

ある時、ベングリオンはメインスピーカーとしてある講演会に招かれた。演題は「イスラエルの未来について」。彼は今まで通ってきた苦難の経験をもとに、この国の未来はどうあるべきなのか、人々に語り続けた。

講演は二時間にわたり、休憩をはさんでさらに一時間……。しかし話は終わらない。ついにしびれを切らした司会者は、講演台の方に向かって歩いていった。そしてベングリオンの傍らに立ち、小さな声で耳打ちした。

「首相、もう終演の時間です。そろそろ結論を……」

熱弁をふるっていたベングリオンは、それを聞いて彼の方に振り向いてうなずき、小声でこう言った。

「そんなことはわかってる。このテーマで話をまとめることができていたら、とっくに結論を出しているよ……」

生まれて八日目

シャランスキー一家は、ロシアからイスラエルに帰還してきた。ロシアではすっかりロシア社会にとけ込んでいた一家は、イスラエル帰還を機に宗教的な生活をしようと決意した。

父親のセルゲイは、まず手始めに、長男のナタンに割礼を施すことにした。息子はすでに七歳になっていた。

「来週の金曜日に割礼の儀式をする。モヘル（割礼の執刀者）にも頼んでおいたから。いいね、ナタン」

ナタンは割礼が何かも知らず、不安を隠せなかった。

翌日、ナタンは学校に行き、友だちに聞いてみた。

「ねえ、ロイ。君は割礼をしたのかい？」

「うん、やったよ。生まれて八日目にね」

ロイはイスラエル生まれの子供だ。

「へぇ〜、八日目に。すごいね。で、割礼って痛いの？」

「うん、あんまり覚えてないんだけど、けっこう後を引くみたいだよ。ボクなんか、それから一年は歩けなかったみたいだから」

❖ ロシアからの移民が、ソ連崩壊と共に、多数イスラエルにやって来た。ソ連でのユダヤ人は弾圧されていたので、ユダヤ教の慣習を守った生活を送っていなかった。それを背景にしたジョークである。

駐車場探し

テルアビブの渋滞は慢性化していて、駐車場を見つけるのも大変だ。

ヨセフは仕事で得意先に来たが、車を止める場所が見つからない。路上のパーキングもすべて満車だ。困り果てた彼は、車を脇に寄せ、天を仰いで祈り始めた。

「おお、神様。今まで私はあなたに対して背を向けて申し訳ありませんでした。もし、あなたが今、私に駐車場をお与えになるなら、今後はコーシェル（ユダヤの食物規定）の料理だけを口にします。また安息日は必ず守り、お祭りの時には必ずシナゴーグに行きます。また、貧しい人には施しをし……」

ヨセフがそう祈っていたとき、止まっていた目の前の車が動いた。彼はすかさず車を動かし、その場所に止めることができた。

「これでオッケー。あっ、そうそう、神様。自分で何とかなったんで、もう大丈夫ですから、忘れてください」

❖イスラエル人は、ユダヤ教のおきてを守らない者が増えている。信仰の町エルサレムと違って、特にテルアビブは世俗の町と言われる。

空襲警報

イスラエルの独立戦争のころ。空襲警報が鳴り、人々は急いで防空壕にかけつけた。

「あっ、しまった。入れ歯を持ってくるのを忘れてしまった」

ある男が言うと、隣の男が言った。

「それで、敵さんが何を落とすと思ってるんだい。サンドウイッチでも？」

耳鳴り

エステルばあさんがイスラエルからアメリカに行くのに、初めてエルアル航空の便に乗ったときのこと。数分して、耳が鳴り出して困り、スチュワーデスに訴えた。

すると、彼女は、チューインガムを手渡して、誰でも経験することだから大丈夫、と安心させた。

無事にニューヨークに到着すると、おばあさんはスチュワーデスに、感謝して言った。

「チューインガムのおかげでよかったわ。でも、どうやって私の耳から取り出したらいいのかしら、困ったわ」

✡ イスラエルという国 ✡

イスラエルは健康によい地

カナダからイスラエルに観光旅行にやって来た紳士が、空港からタクシーに乗った。

明るい空、澄んだ空気、所々に緑のオレンジ畑が見える。

紳士は運転手に話しかけた。「ここは本当に健康によい地ですかな」

「もちろんですとも。私がここにやって来たときにゃ、一言もしゃべれませんでした。

頭にはほとんど毛がありませんでした。部屋を歩く力もなく、ベッドから起きあがるのに、人の手をかりたもんでした。それが今じゃあ、このとおりでさ」

「それは素晴らしい！　ところで、あなたはここに来て何年なりますか」

「いや、ここで生まれたんです」

名前が違う

テルアビブが誇るマン・オーディトリアムの演奏会に、アメリカ人の観光客が訪れた。豪華な建築に賛嘆の声をあげ、ホールの支配人に言った。

「このホールは、有名なトーマス・マンにちなんで名づけられたのかね」

「いいえ、フィラデルフィアのフレデリック・マンです」

「聞いたことがない名ですね。彼は何を書きました？」

「小切手を書きました」


❖トーマス・マンは、反ナチスの戦いをし、ユダヤ人の味方になったドイツ人作家。海外ユダヤ人の献金によって、イスラエルが支えられている例をとったジョーク。

すべてはモーセのせい？

エルサレムのイェシバー（ユダヤ教学院）で、若いヨセフとダニーが学んでいた。

ある時、彼らは出エジプト記について学んでいた。ヨセフは黙って聖書を読んでいたが、ダニーは地図をじっと見ていた。イスラエルの民が出エジプトした経路を指でなぞっていた。と、突然ダニーは叫んだ。

「ああ、もうちょっとだよ！　まったく、われらの師モーセはなんてことを……」

「どうしたんだい、ダニー」

「ほら、ここだよ、ここ！」

「何が？」

「葦《あし》の海を二つに割って渡った後、ここで左に曲がらずに右に進んでいたら……」

ダニーは地図の先に指を動かした。

「ほら、われわれは今ごろ石油で大金持ちになってたんだよ！」

＊

ヨセフとダニーはやがて成人した。そしてある日、ほとんど会うことのない二人が、ばったり道ばたで出会った。

「ダニーじゃないか、久しぶり。いま何の仕事してるの？」

「うん、今は求職中なんだ」

「ボクも実は失業中なんだ。お互い大変だね……。ところで、ダニー、覚えているかい？イエシバーで学んでいた頃、君が地図を見て言ったこと」

「ああ、覚えているよ。モーセはなんてことしてくれたんだ、ってアレだろ？」

「そうそう。モーセがサウジアラビアあたりに連れて行ってくれてたら、われわれは大当たりだったんだけどな……」

　ダニーは少し考えて、こう答えた。

「いや、そしたらきっと今頃、この地（イスラエル）で石油が湧いてるよ」

イスラエルとは

　イスラエルについて語られた名言――

「イスラエルの地はとても小さい。その領土は『地域』と定義しても良いほど、小さい。しかしそこに包含されている問題は、一大陸よりも大きい」

二つの理由

イスラエルに帰還することを「アリヤー（上る）」と言う。反対に、イスラエルから出て移住することを「イェリダー（下る）」と言う。

フランスから「アリヤー」でイスラエルに来たトメルは、イスラエルを出て再びフランスに「イェリダー」することに決めた。

イスラエルに国籍を移してしまったトメルは内務省に出向き、パスポートを作ることにした。長い列を待った後ようやくトメルの番が来て、事務員が対応した。

「パスポートの申請ですね。これから海外旅行ですか？」

「いや、もうイスラエルからイェリダーしようと思いましてね」

「でもあなたは、数年前にアリヤーでイスラエルに来られたばかりのようですが……」

「ええ、でもイスラエルはもうコリゴリです」

「どうしてですか？」

「理由は二つあります。一つ目はリクード党が牛耳っている、今の政治が原因です」

「なるほど」

「このままでは、イスラエル国家は滅んでしまいます。経済状況は良くならず、失業者は増える一方……。リクード党内での選出の仕方も、まるでマフィア集団のようです」

「あなたの気持ちもわかりますが、もう少し我慢すれば、すぐに総選挙になって、きっとリクード党が破れますよ。そうすれば政権交代で、労働党の新政府になりますから」

「ええ、それがイェリダーする二つ目の理由なんですよ」


❖イスラエル二大政党リクード党と労働党の時代の話で、どちらにも幻滅しているというメッセージ。イスラエル政治への辛口ジョーク。

✡中東問題✡

素晴らしい夢

サダム・フセインがビル・クリントン大統領に電話して言った。

「ビル、夕べ、信じられないような夢を見たので、電話したんだよ。アメリカ中が見えたんだが、きれいだった。あらゆる

建物の屋上に美しい旗が揚がっていてね」

クリントンは聞いた。「旗にはなんて書いてあった?」

サダムは答えた。「アラーは神なり、ってね」

クリントンは言った。

「サダム、電話してくれてうれしいよ。ちょうどよかった。実は、わたしも夢を見たんだ。バグダッド全体が見えたんだが、戦争前よりずっときれいになっていた。それから、すっかり町中が再建されていてね。すべての建物の屋上に美しい旗が揚がっていた」

サダムは聞いた。「旗にはなんて書いてあった?」

クリントンは答えた。「よくわからないんだ……ヘブライ語が読めないものでね」


❖一九九〇年代のイラクのサダム・フセイン大統領が、まだ健在の頃のジョーク。サダム・フセインは、イスラエルにも脅威を与え続けた人物だが、しっかり揶揄《やゆ》している。

正当防衛

三人のハンターが、アフリカヘサファリに出かけた。アメリカ人と、イギリス人と、イスラエル人だった。

不幸なことに人喰い人種に捕らえられ、すでに料理用の鍋は煮えたぎっていた。

酋長は、ハンターたちに最後の願いを聞いてやろうと言った。

「お前の最後の願いは何か？」とアメリカ人に問うと、

「ステーキがほしいです」

そこで、酋長はシマ馬を屠殺して、ステーキを食わせてやった。

「お前は何がほしいか？」とイギリス人に聞くと、

「タバコが吸いたいです」

そこで、酋長は言うとおりに、タバコを与えた。

最後、イスラエル人に「お前の願いは？」と尋ねると、

「私の尻をけっ飛ばしてくれませんか」

「まじめな話か」と酋長はびっくり。

「ええ、お約束どおり、聞いてください」

「よし、おやすいご用！」とばかり、酋長はイスラエル人の尻をけっ飛ばした。

すると、イスラエル人は隠し持った銃を抜き出して、酋

長を撃ち、他の人喰い人種はみな逃げてしまった。

アメリカ人とイギリス人はカンカンになって怒った。

「最初からどうして、それをやらなかったんだ？　われわれはずっと生きた心地もしてなかったんだぞ」

イスラエル人はあきれたように答えた。

「なんだって。最初にやれば、国連がわたしを侵略者と言って非難するに決まってる」


❖国連をジョークの対象にしたのにはわけがある。アラブ諸国や第三世界の国々が多数占める国連は、イスラエルへの非難と中傷に満ちた決議を行なってきたと、イスラエルは見ている。

ニューヨーク二〇三一年

父親と息子がマンハッタンの通りを歩いていたとき、ふとある広場で父親が足を止めて、ため息をつき、息子に話しかけた。

「昔、まさにこの場所にツイン・タワーが建っていたと思うとね……」

息子は父親を見て、尋ねた。

「お父さん、そのツイン・タワーって、何なの？」

父親は言った。「ツイン・タワーはね、それはものすごく高くて、たくさんのオフィスがあって、アメリカの象徴とも言っていいビルだったよ。それを三十年前に、アラブ人が破壊したんだよ」

息子は顔をかしげて、しばらく考え、父親に質問をした。

「お父さん、そのアラブ人って、何なの？」

❖米国同時多発テロ九・一一にちなんだもの。アラブ人が消滅しているという痛烈なブラック・ユーモアである。

言論の自由

某国の新聞記者がイラクを訪れ、幸いにもサダム・フセイン大統領に面会できた。

新聞記者は質問した。

「イスラエルでは『シャロン首相は大馬鹿だ！』と言っても投獄されたりしません。言論の自由があります。お国の場合はどうですか」

フセイン大統領は自信たっぷりに答えた。

「もちろん、わが国でも結構です。お好きなだけ『シャロン首相は大馬鹿だ！』と叫んでいいですよ」

老人の祈り

早朝のエルサレム。一人の外国人記者がインタビューのため、嘆きの壁に来ていた。そこに祈りを終えた老人が歩いてきた。記者はその老人に尋ねた。

「スミマセン、ちょっとお話をうかがってもよろしいですか？」

「どうぞ」

「あなたは、どれくらいの頻度でこの場所に来られているのですか？」

「毎日じゃ。もう四十年にもなるかのう」

「四十年！　それはすごい！　これまで、どのような祈りをされてきたのですか？」

「ワシは、ユダヤ人とパレスチナ人が争いもなく平和に暮らせるよう、またワシらの子供たちや孫たちが平和に生きられるよう、祈っておる」

「それは本当に素晴らしいことですね。で、四十年もの間、この嘆きの壁で祈り続けてこられた今の心境は？」

「まさに、壁に向かって話しておるような心境じゃな」

❖第三次中東戦争、いわゆる六日戦争で「嘆きの壁」はイスラエル領に還ってきたが、それ以来、この老人は平和を祈ってきたという。そして、なお祈り続けるだろう。イスラエルとパレスチナのあいだに恒久的平和が実現する日の来ることを、われわれも共に祈りたい。

《完》

あとがき

ユダヤ人は、世界のいろいろな民族の中でも特異な人々であると思われている。

ノーベル賞を多く取る優秀な学者が多いとか、世界的な大金持ちがいるとか、あるいは、裏で世界を支配しているとか、頑固で自己中心主義な民族だとか。ほめる人もいれば、けなす人もいる。

ユダヤ人は、二千年もの長い間、自分の国を持てないで、異民族の中で離散して暮らしてきた。どこにおいても、いつの時代も、迫害と非難、中傷に巡りあってきた。

たとえてみれば、保護してくれる親もなく、安全なわが家もない子供ように、この世でユダヤ人は生きた。いじめと迫害が、いつどこから来るかも知れない。その不安感というものは、平常な日々でも、大きなストレスであったにちがいない。ただ生真面目に試練に直面するだけでは、耐えられなかっただろう。

ユダヤ人の精神的支えは、もちろんユダヤ教という彼らの信仰生活だったのは言うまでもないが、ユダヤ人はもう一つの生きる工夫を知っていた。ユーモアというものが持つ力である。

ユダヤ人には、自己批判の傾向がある。神をつねに意識する信仰のせいかもしれない。笑いにおいても、まず自分をジョークの対象にし、苦境にある自分を情況から少し離れて見ることで、心の余裕を得ることを知る。そして笑いは、知恵を生み出す。笑いは、絶望や自己憐愍になることをふせいで、人生の悲しみを逆に精神的な糧に変えてしまう。

ユダヤ・ジョークの特長は、知的であると言われる。しかし、ユダヤ人が他の民族より生まれつき優秀というわけではない。ユダヤ教が、「学ぶ」ということをとても大事にしたからだ。聖書の中には、子供に教育をほどこすことが戒律として決められ、世界で最初の義務教育を行なった民族である。民族の神話、寓話、教訓などの伝承を伝えるには、興味を引くように教えなければならない。三千年前の聖書にすら、ユーモアの片鱗がうかがえる。ユダヤ人のイエス・キリストも、たとえ話にジョークを語ったという。

国を失って以来、ユダヤ人社会の指導者は、ラビと呼ばれる学者であった。学者が尊敬されるユダヤ人の間では知的な活動が奨励され、それがずっと継続してきたことは、ユダヤ人の性格を決定づけた。だから、洗練された知性から、ユダヤ人のジョークはウイット

（機知）と皮肉に色づいているのも、納得がいく。

ユダヤ・ジョークの原型は、多くが東欧ユダヤ人の間で生まれている。東欧のユダヤ人が二十世紀にアメリカに移民した結果、ユダヤ・ジョークがこの国に広まった。アメリカのコメディアンの中で、ユダヤ人が圧倒的に占めている所以《ゆえん》である。

ユダヤ・ジョークは、人々の間で語られているあいだに、いろいろのバージョンに発展している。少しずつ細部は違っていても、元の性格は変わらない。もともと語り伝えられたものであるからだ。

本書は、雑誌「みるとす」の巻頭に掲載されたユダヤ・ジョークを、内容別に再編集して単行本として刊行したものである。原典に選んだのは、ナタン・オースベル編の『ユダヤ民間伝承の宝庫』（*A Treasury of Jewish Folklore* by Nathan Ausubel　初版一九四八年）という民話集で、多くの版を重ねた名著である。それより抄訳し、また幾つかのヘブライ語のジョーク集などを参考にした。

ちなみに、同書の編者オースベルは、ユーモアを意味するAttic salt（アテネの塩味）を借りて、ユダヤのユーモアをJewish salt（ユダヤの塩味）と呼んだ。本書はそれをまた借りて、「人生の塩味」と題したのである。

雑誌の読者の方々の評判が、この本を実現させたことを記してお礼とする。

● 編訳者

河合 一充
多々良 弘樹
谷内 意咲

● 本文イラスト

多々良 直樹

● 装幀

（株）クリエイティブ・コンセプト

ユダヤ・ジョーク　人生の塩味

2010年2月25日 初版発行

編訳者　ミルトス編集部
発行者　河合一充
発行所　株式会社 ミルトス

〒102-0073 東京都千代田区九段北1-10-5
九段桜ビル2F
TEL 03-3288-2200　FAX 03-3288-2225
振替口座　00140-0-134058
http://myrtos.co.jp　pub@myrtos.co.jp

印刷・製本　シナノ印刷（株）　Printed in Japan　ISBN 978-4-89586-033-8
定価はカバーに表示してあります。